每個人心中都有一座島嶼，

藉文字呼息而靜謐，

Island，我們心靈的岸。

外出偷馬

Ut og stjæle hester

Per Petterson

佩爾．派特森 著 余國芳譯

photo by Torunn Nilsen

【書評】

「一個最平凡的體材，在作者獨特的書寫展現下，顯得相當不凡。這絕對是一次罕見的閱讀體驗。」

——《紐約時報》

「佩爾．派特森對我們來說或許是陌生的，但他的作品卻是當今讀者最不該錯過而忽略的。他深鑿生命的底端，揭開了一幕幕鮮活的人生戲碼。這動人的經歷絕不是小說主角所獨有，而是所有的人必定從歲月裡嘗到的滋味。」

——《出版家週刊》

「一本關於失落與傷痕的小說……在寂靜的敘事氛圍下，我們走進了主角的年少記憶，學會了用另一種角度看待自己的過往，也學會了寬容。」

——《紐約客雜誌》

「在處理父子關係的主題上，佩爾．派特森絕對讓人印象深刻，他的筆觸不落俗套，沒有煽動的情節，卻隱含著最動人的力道。」

——《書籤雜誌》

「強而有力的架構，豐富卻絕對精準的描繪……作者對於山林流水、雨雪、陽光和夜空的刻劃，讓人不禁想到了史坦貝克、海明威等名家的著作。」

——《好書情報》

「看似平靜無波的一部小說，在你漸漸走入其中時，才會發現它潛藏著撼動人心的巨大力量，以及令人不敢逼視的生命風景。」

——《英國獨立報》

「近年來最獨特、最感動人的書寫。」

——《愛爾蘭時報》

「像沾染著秋天氣息的愁緒裡，一個老人回顧他的少年時光……而那段歲月，幾乎決定了他餘生的色調……這本來自北歐的大師傑作，絕對值得一讀。」

——《英國衛報》

「這本小說雖不厚，卻強力震盪著我們的靈魂，句句深鑿人性。」

——《英國旁觀者雜誌》

「佩爾·派特森在挪威早已是赫赫有名的重要作家，具有極高的文壇地位，也獲得許多國內與國際的文學大獎。在讀過這部小說之後，你必然會認同他值得這些光環與喝采。」

——《圖書館期刊》

「儘管這部小說的語調是惆悵的，但它絕不是一本讓人感到絕望的小說……當你進入主角的回憶而至最後，會看到在這麼多莫可奈何的悲劇裡，在人生陷入無法前進的迷霧中時，我們終究能尋到一點生命的光亮。」

——《週日電訊報》

【推薦文】

挪威的回憶森林

文／游森棚

一

一九九九年，挪威，世紀末的深秋。雪馬上就要下了。六十七歲的主角，傳德．桑達，在妻子發生意外喪生三年之後，決定搬到不知名的地方隱居，度過餘生。在挪威靠近瑞典的邊界，他買下湖邊森林深處一間需要大肆整修的小木屋，帶著狗兒萊拉獨居在此。

每天傳德自己作三餐，帶著狗到湖邊散步，開車到鄰近小鎮上買工具和食物，晚上生起壁爐的火，在燈下閱讀沉思。悲歡離合都已經歷過，剩下的時光裡，他只想靜靜度過，沒有電話，沒有電視，這裡與世隔絕，是最理想的地方。

小木屋方圓幾百公尺內只有一戶鄰居，裡面住著一位六十多歲的獨居老人。兩人除了遠遠地點頭外從沒有交集。某天深夜，獨居老人在外面呼喊玩到忘了回家的狗，傳德起身出門一探究竟，帶著手電筒往鄰居家走去。

想不到，手電筒照耀下的臉，是拉爾司。是傳德十五歲跟著父親到森林度過一個夏天時的兒時玩伴約拿的弟弟。

寧靜的隱居生活和心情頓時如一池春水般攪亂。五十多年前，也是靠近瑞典的挪威森林裡，也是森林小屋。那個夏天的回憶全部回來了。

那個夏天是他生命的轉折點，自此生命的軌道完全不同。早已遺忘的故事如泉水湧出，一波接著一波翻騰而來，無法抗拒。獨居的森林裡時間是停滯的，只有天光與湖影，樹木與流水。湧出的回憶在寂寞的森林裡更加鮮明，在獨居的無聲中更加喧囂。

於是，我們回到一九四八年的七月清晨。剛睜開眼，還睡眼迷濛的晨曦中，約拿站在門口問：「去不去？我們去偷馬。」

兩人鑽進森林深處的小徑。挪威森林裡的故事於焉開始。

二

《外出偷馬》得到了二〇〇七年IMPAC（International IMPAC Dublin Literary Award）首獎，這是文學界獎金最高的獎項，獎金高達十萬歐元。IMPAC獎由圖書館提名，英語出版的書可以候選。《外出偷馬》原來是挪威文，英文版獲得兩個圖書館提名。二〇〇七那一年，共有四十九個國家一百六十九個圖書館提名了一百三十八本小說參加初選。

最後留下的八本決選中，有諾貝爾獎得主柯慈（J. M. Coetzee），布克獎得主魯西迪（Salman Rushdie），布克獎三次入圍決選的拔恩斯（Julian Barnes），布克獎入圍決選的貝瑞（Sebastian Barry），普立茲獎得主麥卡錫（Cormac McCarthy）等大家。在這樣堅強對手的環伺下，翻譯自挪威文的《外出偷馬》奪得大獎。

這個獎顯然不是IMPAC幾個評審一時興起的決定。同一年年底，《外出偷馬》更入選了《紐約時報》年度好書。《紐約時報》年度好書通常只有十本，小說與非小說約各佔一半。《外出偷馬》以翻譯小說勇奪年度好書，是非常不容易的。

所以這本書必定是高潮迭起，峰迴路轉囉？錯了。期待熱血賁張的讀者可能要大失所望。

這本書只有平靜的敘述，只有六十七歲老人的回憶，回憶那個改變他一生的夏天。那個夏天讓他從男孩長成男人。

如果讀者想要自己享受劇情的推展，我建議這篇導讀先不要再往下看，以免破壞了閱讀的樂趣。

三

愛因斯坦說，上帝不會擲骰子。但命運之神卻也常常玩笑般捉弄人們。

偷完了馬，約拿帶著傳德爬到樹上，讓他看枝椏間戴菊鳥的蛋。傳德驚喜之下感嘆說：「天啊，太詭異了，那麼小的東西居然能活還能飛。」

約拿的臉剎時一片死白。他把手上的戴菊鳥蛋朝地下砸爛，用手捻碎整個鳥巢。接著逕自下樹，朝回家的路走去。傳德不明所以，完全不懂哪裡惹到了約拿。他只能在遠遠的後方跟著回家，天下起了大雨。約拿沒有回頭，沒有一句再見。

回到家後，傳德的父親才告訴他，前一天約拿家裡發生的悲劇。

生命是一個長遠的累積的過程。但是生命也充滿不可預期的意外。意外永遠發生在短短的幾秒鐘之內，而且無法回頭，無法重來。如同放射出去的單行道，一旦選了一條路，就再也回不到原來的起點。就像書中的意外，都只是一秒鐘內的事。但是生命從那一秒鐘之後扭到了另外一個方向，永遠不同了。

回顧起來，傳德覺得自己是好運氣的。我一面讀著書，不免也跟著傳德一起沉思起來。

四

《外出偷馬》整本書的敘述在當下與五十年前跳躍擺動。在當下，每一個此時此刻的場景都觸發遠古的回憶，每一個遠古的回憶都導致現在的他。一夜暴雪，傾倒了門前的一棵樹。拉爾司帶著鋸子過來幫忙清除殘株。於是場景又回到五十年前，傳德和父親一起砍樹的那幾天。

描寫砍樹的過程佔了全書大半，人物的個性在言談中呈現出來。慢慢地，父親和這片森林的故事，和周遭鄰居的故事，都出人意表地浮現出來。砍樹中發生了意外，讓傳德寢食難安，更導致他親眼目睹驚愕的畫面。此時是第二次世界大戰，地點是瑞典和挪威的邊界，父親更不只是單純來度假。隨著父親不為人知的一面輪廓慢慢清晰，傳德的青少年懵懂歲月漸漸遠去。

愈加懂事，所以心事也愈多了。這是每個人成長必經的苦澀。

而一直等到暑假過後，傳德也才了解為什麼這個暑假父親要急著砍掉一片樹林，讓原木順流而下到下游的木材工廠以增加一點進帳。

五十年前的父親是他心目中偉岸的榜樣。父親和他有「心神領會的約定」，他努力地模仿父親的一舉一動。努力想成為一個大人。書裡的最後一章是關鍵性的象徵，穿上西裝的傳德脫胎換骨，從男孩變成男人，而這西裝的來源，更有傳承的意義。

父子之間的相處細緻的描寫是這本書最感人的部分之一。成長的過程中面對自己父親所產生的複雜情緒，在這本書裡描寫得深刻透徹。

或者包容，或者受傷，或者嫉妒，或者背叛，或者信任，或者關愛，或者原諒。但是五十年過後，傳德想起父親，這些情緒都沒有了，字裡行間只剩下滿滿的思念。

五

《外出偷馬》全書步調沉穩，在兩個時空間穿梭前行，不刻意營造高潮和落差。派特森的文字功力一流，情節自然湧出，沒有一點點勉強。整本書是漂亮乾淨的散文，書裡不時有味覺，視覺，嗅覺，觸覺的描述。我讀的是英文本，已經是從挪威文翻譯過來的。但即使如此，都能感受到文字的力量。

如同第十章的初始，傳德望向窗外波光粼粼的河流，全書裡這樣美麗的段落俯拾即是：

I shut my eyes into a squint and looked across the water flowing past below the window, shining and glittering like a thousand stars, like the Milky Way could sometimes do in the autumn rushing foamingly on and winding through the night in an endless stream, and you could lie out there beside the fjord at home in the vast darkness with your back against the hard sloping rock gazing up until your eyes hurt, feeling the weight of the universe in all its immensity press down on your chest until you could scarcely breathe or on the contrary be lifted up and simply float away like a mere speck of human flesh in a limitless vacuum, never to return. Just thinking about it could make you vanish a little.（我半瞇著眼望著流過窗下的河水，一閃一閃的像千萬顆的星星，有如秋天裡的銀河，一條無止盡的潺潺溪流蜿蜒曲折在夜空中，在那一個廣垠的黑暗裡，你自在的躺在家鄉的峽灣邊上，背靠著斜斜的岩石仰望，望到眼睛發痛，望到整個宇宙的重量彷彿全部壓在你的胸膛，壓得你幾乎不能呼吸，或者相反的，你被抬了起來漂浮了起來，就像無窮太空中的人肉微粒，永遠不再回來。單憑這樣的想像，就能夠讓你有了一些遁世的感覺。）

仰望空無一物的星空，讓全宇宙的重量壓在胸口；或是隨著昇華到銀河裡，渺滄海之一粟。

這本書有圓熟後的包容，有回顧生命轉折的領會，有成長過程中的迷惑和釋然，有對父親濃濃的愛。如同山水畫的留白，這本書用短短的篇幅說了非常多的故事，但都點到為止，像黑夜裡闃黑無邊的挪威森林，留下非常大的空間給讀者體會。

靜水流深，這是本美麗的書。強力推薦。

（本文作者為國立高雄大學應用數學系副教授）

第一部

一

十一月初。上午九點。山雀衝撞著窗子。在撞擊之後牠們有時連飛都飛不穩了，有時候還會掉下來，躺在初雪的地上掙扎一會才能再起飛。我不知道牠們看中了我的什麼。我望著窗外的森林。起風了，水面上有風的形狀。

我住的這間小屋，位在挪威極東部的地方，有條河流進那湖裡。其實那不能算是條河，夏天時水好淺，春秋兩季倒是活力無限，水裡還真有鱒魚呢，我就親手抓到過幾尾。河口離我這兒不到一百公尺。樺樹葉子落下的時候，我從廚房窗戶就能望見。此處的十一月就是這個樣子。河邊有一棟屋子，它的燈一亮，我只要站在門口台階上就可以看到。那裡住著一個男人。他比我老，我想；也可能只是看起來比我老，我不知道。或許因為我不清楚自己看起來到底什麼樣子，也或許生活在他要比在我身上來得辛苦；這我不清楚，也不排除這麼想。他有一隻狗，是蘇格蘭邊界牧羊犬。

我院子裡豎著一根上面有鳥食台的杆子。清晨天光漸亮的時候，我會坐在廚房餐桌旁喝著咖啡看著鳥兒們撲撲的飛過來。到目前為止我看過八種不同的鳥類，這比我住過的任何地方看到的都要多，不過會飛進窗子裡的只有山雀。我住過很多地方，現在人在這裡。天光透亮的時候，我已經醒著好幾個小時了，我添了些火，四處走走，讀讀昨天的報紙，洗洗昨天的碗盤，數量並不多。我同時聽英國國家廣播電台，收音機我差不多全天候的開著。我都聽新聞，這個習慣已經戒不掉了，只是我怎麼樣也想不起來這習慣是怎麼來的。他們說我這個年紀，六十七歲並不算老，而且別把它當回事，真教我心神俱爽。但是當我聽新聞的時候，我卻發覺這個世界已不再是我原來的生活型態，也不再是我曾經熟識的樣子了；這或許是新聞出了問題，也或許是播報的問題，或內容的問題。英國國家廣播電台每天清晨播送的世界新聞網，聽起來都是跟國外有關，沒有一件事是關於挪威的。而像板球比賽——這是我過去從來沒看過的一種球賽，應該說以後也絕對看不到了——一些國家的排名，像牙買加、巴基斯坦、印度和斯里蘭卡等等，我都可以從體育報導中得到更新資訊。但我比較注意的是「母國」英格蘭，它們好像經常吃敗仗，這真是有點那個。

我也有一隻狗，她的名字叫萊拉，很難說她是什麼品種，不過這沒那麼重要。我們已經出去過了，我帶著手電筒，循著我們慣常走的小路，沿著湖，湖岸還結著幾公分的冰，岸邊的燈心草帶著秋天的黃，雪從暗沉的天空靜靜的、重重的下著，引得萊拉東聞西嗅的快樂得不得了。現在她緊挨著爐子躺著，睡著了。雪也已經停了。隨著白晝的到來，全部的雪都會融化，這我從溫度計上看得出來，它那紅色的水銀柱正跟著太陽一起往上升。

我這一生始終嚮往獨處在像這樣的一個地方，即使樣樣都順心如意，我還是時常這麼想。不是我誇張，事實真的是這樣：我一直很幸運。可是就算在這種時候，比方說跟人擁抱，或有人在我耳邊軟語溫存的時刻，我也會突然想要去到那一個只有靜默的地方。年歲遠走，我也許可以不想它，但並不表示我就此不嚮往那一個地方。如今我在這裡，它幾乎就是我朝思暮想的好地方。

再過不到兩個月的時間，千禧年就要結束了，我所屬的這個教區將會處處有慶典和煙火。我不會去湊熱鬧，我要和萊拉待在家裡，或許會走下湖去試試那冰層是否承得住我的重量。我猜想會有零下十度和月光，然後我要生個火，在那台老舊的唱機上放張唱片，讓比莉．哈樂黛的聲音近乎耳語，一如五〇年代在奧斯陸國家劇院聆聽她的那次，氣若遊絲卻磁性十足。接著我會站在酒櫃旁對著酒瓶豪飲，等到唱片放完的時候，我就上床睡它個天昏地暗，醒來已是全新的一個千禧年，根本不當它一回事。我要的就是這樣。

同時，我要花上幾天的時間把這裡徹底整頓一下。需要整頓的地方很多，我一直不大肯花錢，而對於院子的修繕我其實早有準備，只是不覺得有必要趕著做。我現在雖然知道自己為什麼老是拖著，但也無所謂了，開心就好。主要是，大部分的工作我想自己動手，即便我請得起木匠，錢也不是問題，但是請人來做就會進展太快。我要利用所有可用的時間，我告訴自己，時間現在對我來說很重要。這不是走快走慢的問題，而僅僅是「時間」本身的問題，我就生活在其中，可以由我用各種身體力行的事物和活動加以支配，因此它在我面前清清楚楚，無所遁形，就算我不看它也不會無端的消失。

§

昨晚出了一件事。

當時我在廚房旁邊的小房間睡覺。我在那裡的窗下擺了張臨時床鋪，進入午夜時，外面漆黑一片，我睡得很沉。最後一次跑去屋子後面方便的時候，我感受到屋外的那份冷。這是我給自己的權利，況且這裡只有一間戶外廁所，面向西的森林嚴密得很，也不怕有人看見。

驚醒我的是好大一聲刺耳的聲響，在極短的間隔裡重複了好幾響，一下子非常安靜，一下子又開始了。我坐起來，把窗子開出一條縫往外探。透過黑暗我看見在河邊不遠處有一道手電筒的黃光，那個握著手電筒的人八成就是弄出這些響聲的人，只是我不明白那到底是什麼聲音，他又為什麼要弄出那些聲音。就算那聲音是他發出的吧。我看見那道光漫無目的的左右晃動著，彷彿有些無奈，後來，我看見了我那位鄰居風霜的老臉，他嘴裡有樣像是雪茄的東西。這時響聲又來了，我這才發現那是狗哨子，雖然之前我從來沒看過這玩意。他開始叫喚那隻狗。撲克，他喊，撲克，是狗的名字。過來，孩子，他喊，我再躺回床上，閉上眼睛，不過我知道睡不著了。

我只想睡一個好覺。我對自己睡了幾個小時這件事愈來愈在意，雖然時數不多，我的要求卻大不同於以往。一個晚上沒睡好會帶來連續好多天的不開心，把自己搞得心神不寧，做什麼都不對勁。我沒那個閒功夫理會，我需要專心睡覺。但不知為什麼，我又坐了起來，兩條腿摸黑踏在地板上，找到搭在椅背上的衣服。我抽了口氣，沒想到衣服會這麼冷。我穿過廚房進到客廳，套上厚呢短大衣，從架子上拿了手電筒走上外面的台階。外面真是黑得可以。我又開了門，伸手進屋去把外面的燈開亮。好多了。上了紅漆的外牆投射出一圈溫暖的光照亮了院子。

運氣不錯，我跟自己說，還可以在深夜裡走出來看一個在找狗的鄰居，而我頂多難過個兩、三天，一切就又如常了。我打開手電筒，從院子走上大路，走向他站著的小斜坡，他仍舊搖晃著他的手電筒，讓光線兜著圈子慢慢的掃向森林邊緣，越過馬路，沿著河堤再回到原點。撲克，他喚著，撲克，接著再吹響哨子，在這樣安靜的夜裡，那哨音有一種令人很不愉快的高頻率。他的臉，他的身體，全都隱沒在暗處。我不認識他，只跟他說過幾次話而已，大都在清晨遛狗的路上，我帶著萊拉經過他的屋子。我忽然很想回家去，很想放下這一切不管了，我能做些什麼呢——不過現在他必定已經看見了我手電筒的光，來不及了，畢竟我覺得這人不可能在這麼晚的時候沒事獨自一個人待在這裡。他不應該這樣一個人待著。這樣不對。

「哈囉。」我靜靜的招呼，配合這份安靜。他轉身，在那一刻我什麼也看不見，他手電筒的光線筆直的打在我臉上，他發覺了，把手電筒朝下。我原地不動的站了幾秒鐘，等視覺恢復正常，再走向他的位置，我們一起站在那裡，各自把手電筒的亮光從屁股的高度打向四周的景觀，每一樣東西看起來都不像白天看到的樣子。我早已經習慣了黑暗，我不記得曾經怕過黑，可是一定有過，現在它感覺起來很自然很安全很透明——不管裡面事實上隱藏了多少東西，就算有過也不具任何意義。沒有東西鬥得過身體本身的光亮和自由；高度不是約束，距離不是限制，這些都不是黑暗的資產。黑暗本身只是一個任人遨遊的無邊空間。

「牠又跑掉了，」我的鄰居說，「撲克。我的狗。經常這樣。牠都會自己回來。可是牠這樣跑掉真的教人睡不著。現在林子裡都是狐狸。況且，我還不好關門。」

他似乎有些尷尬。我大概也會如此，如果是我的狗。我也不知道如果萊拉跑了我會怎麼辦，不知道我是不是也會出來尋找她。

「你知道他們說邊界牧羊犬是世界上最聰明的狗嗎？」他說。

「聽過。」我說。

「牠比我聰明多了，撲克，他知道的。」我的鄰居搖搖頭。「幾乎都要聽牠的了，恐怕。」

「哦，這不大好。」我說。

「是啊。」他說。

這才驚覺我們還沒真正的介紹過自己，我舉起手，讓手電筒的光照著它，好讓他看得見，我說：

「傳德．桑達。」這一招使他有些困惑。花了一、兩秒的時間他才把手電筒換到左手，伸手握住我的右手，說：

「拉爾司。拉爾司．豪居。『居』要唸成『基』。」

「你都好嗎？」我說，在這樣的暗夜裡這句話聽起來真是怪得可以，就像很多、很多年前，我父親在森林深處的一場喪禮中說「節哀順變」的事，我立刻後悔說出這四個字，拉爾司似乎沒有在意。也許他認為這句話很恰當，在野外這種情況下兩個男人互相寒暄並不為過。

靜默從四面八方圍繞著我們。白天晚上有風有雨的好幾天了，在松樹和雲杉間不斷的呼嘯，而現在森林裡卻是全然的靜止，連個影子都不動，我們不動的站著，我和我的鄰居，死盯著黑暗，這時我確定我後面有東西。我沒辦法躲掉突然從背脊一路涼到底的寒意，拉爾司．豪居也感覺到了；他把手電筒的光打在超越我兩、三公尺的一個點上，我轉身，撲克站在那裡，十分僵硬，全身戒備。這種姿態我看見過，一隻狗同時警覺又要表示歉疚時的樣子，就像我們大部分人一樣，這是一件牠很不喜歡的事，尤其當牠的主人用一種近乎孩子似的聲調，跟那一張風霜的老臉完全不搭的聲調在說話的時候，毫無疑問的，這個男人不只一次走過這樣的寒夜，對付過各種不如意的事，而且是在逆風中的麻煩事，非常嚴重的大事——我們握手的時候我感覺到了。

「啊，你到哪裡去啦，撲克，你這隻笨狗狗，又不聽爸爸的話啦？真丟臉，壞小孩，真丟臉，太不聽話了。」他朝那狗走近一步，牠喉嚨裡發出深沉的咆哮聲，兩隻耳朵都擺平了。拉爾司．豪居在他行進的路線上停住腳步。他的手電筒垂了下來，直到光線整個打在地上，我才看清楚那隻狗身上白色的斑紋，黑色的部分都混在夜色裡了，這一切看起來顯得怪異，很不調和很不相稱，那屬於動物喉嚨裡發出來的低吼繼續著，我的鄰居說：

「我以前射殺過一隻狗，我對自己承諾以後絕不再犯。可是現在我也不知道了。」他失去了信心，很明顯，下一步該如何他拿不定主意，我忽然對他感到極度的難過起來。這個感覺來路不明，從黑暗中的某個地方吧，在那裡有些東西會在一個完全不同的時間出現，或是從我生命中某個早已遺忘的角落，這個感覺使我窘迫又不舒服。我清了清嗓子，以一種自己不大能控制的聲音說：

「你射殺的是哪種狗？」雖然我並不認為我真的對這件事感興趣，我只是要說一些話來平服胸口突然的顫抖。

「德國狼犬。不過那狗不是我的。事情發生在我生長的那個農莊。我母親先看見牠。那狗在森林邊緣跑來跑去的追捕小鹿：兩隻受到驚嚇的小傢伙，我們從窗子看過好幾次了，牠們在北邊草原邊緣的草叢裡吃草。兩隻鹿總是緊緊靠在一起，當時也是這樣。德國狼犬追著牠們，繞著牠們兜圈子，咬牠們的腳筋，兩隻小鹿疲於奔命，一點辦法也沒有。我母親實在看不下去了，她撥電話給警官，問他該怎麼辦，他說：『妳就開槍打死牠吧。』」

「『你有差事做了，拉爾司，』她擱下話筒說，『你做得了嗎？』說真的，我不想做，我幾乎沒碰過槍，可是我確實替那兩隻小鹿感到難過，我當然不能叫她去做這件事，家裡又沒別的人。我哥哥出海去了，我繼父每年這時候都在森林裡幫鄰近的農夫砍木頭。所以我拿起槍穿過草原往森林走。到了那裡我四處看不到那隻狗。我站定了聽。那是秋天，正午的時間天氣很清爽，四周出奇的安靜。我轉過身回頭看家裡，我知道我母親就靠著窗口看得見我的一舉一動。她不會讓我半途而廢的。我沿著一條小徑，再進去森林查看，忽然我看見兩隻鹿朝著我的方向狂奔。我蹲下來舉起槍，臉頰貼著槍管，那兩隻鹿害怕到了極點根本沒注意到我，也或許牠們已經沒有力氣顧到另外一個敵人了。牠們完全不改路線，筆直朝我奔過來，真的是跟我擦肩而過，我聽見牠們在喘氣，看見牠們瞪得大大的眼睛裡的眼白。」

拉爾司．豪居稍微停頓，舉起手電筒照著撲克，牠站在我後面的位置沒有移動。我不回頭，聽得見那狗低低的吼聲，一種令人心煩的聲音。而站在我前面的男人則咬著嘴唇，左手手指無意識的搓著額頭，然後才繼續往下說。

「在牠們後面三十公尺，德國狼犬來了。那真是一頭巨無霸。我立刻開火。我確定打中牠了，可是牠速度不變方向不變，牠的身體好像起了一陣抖顫，我真的不清楚，於是我再開槍，牠屈膝跪下，又再站起來，繼續跑。我情急之下發出第三槍，牠離我不過幾公尺遠，一個筋斗四腳朝天的滑了過來，剛好滑到我的鞋尖。但還沒死。牠癱在地上，直勾勾的看著我，當時我真的有點為牠難過，我彎腰拍拍牠的頭，牠吼著一口咬住我的手。我跳開。這下惹惱了我，連著砰砰兩槍射穿了牠的腦袋。」

拉爾司．豪居站在那裡，他的臉隱約可見，那手電筒沒力的掛在他手上，只見得一小圈黃色的光投射在地上。有松針，小石頭，兩枚毬果。撲克一聲不吭的站著，我懷疑狗是不是可以暫時停止呼吸。

「可怕。」我說。

「我才十八歲，」他說，「好久以前的事，我永遠忘不了。」

「我完全能體會你不肯再射殺狗的心情。」

「再看看吧，」拉爾司．豪居說，「現在我得先把這一隻帶回去再說。太晚了。走吧，撲克。」這次他的聲音很尖銳，他一邊開始走上馬路，撲克則順從的跟在他後面，隔開幾公尺的距離。他們走到小橋的時候，拉爾司．豪居停下來揮動手電筒。

「謝謝你陪我。」他在黑暗中說。我揮了揮手電筒轉身走上小斜坡回家，打開門進入了亮著燈的玄關。不知道為什麼，我隨手鎖上了門，這是我從搬來此地從未做過的一件事。我不喜歡這麼做，但還是做了。我脫了衣服上床躺在鴨絨被子底下瞪著天花板，等待暖熱慢慢的上身。我覺得這樣有點蠢。然後我閉上了眼睛。在我睡著的時候雪開始下了，我知道，即使我睡著，我也知道天氣改變了，而且變得更冷。我明知道自己害怕冬天，害怕下雪，也怕雪下得太多太大，但到頭來，我卻把自己送進了這樣一個不可能應付得來的處境，我居然搬來這裡。所以我盡可能地去夢見和夏天有關的一切，讓夢直到醒來時還在我腦子裡。我可以隨便夢到哪個夏天，但不是，我卻夢到一個非常特別的夏天，即使現在坐在廚房餐桌旁看著散漫於湖畔林木上的天光時，我仍然想著它。外面的一切都不再是昨天夜裡的樣子。我很累，但這累並不如我的預期。我會繼續累到傍晚，我知道我會。我從餐桌旁站起身，感覺有點僵硬，背也怪怪的，而萊拉，她就在火爐旁，抬起頭看著我。我們又要出去了嗎？沒有，還沒有。想到了夏天，我有好多事要做，挺讓人心煩的。那該做沒做的事已經拖了好多年了。

二

我們要出去偷馬。他是這麼說的，人就站在小屋的門口，在我跟父親來這裡過夏天的時候。那是我十五歲，一九四八年七月初的某一天；是德國人撤走的前三年，我不記得我們有談論過這些事。至少我父親沒有。他從來不提戰爭。

約拿常常來我們家門口，什麼時間都有，他會要我跟他一道出去：射野兔、在寂靜無聲的月色裡登山越林、在河裡釣鱒魚，或是把那些黃得發亮的圓木頭當平衡桿走，在河川整治過後很久，這些木頭仍舊挨著我們的小屋順流而行。這很危險，可是我從來沒說一個不字，也從來沒跟我父親提過。從廚房窗口看得見這條長長的河流，不過我們並不在河的這一段玩平衡木，我們總是跑得遠遠的，將近一公里，有時候更遠，遠到要花一個鐘頭的時間，才能穿過森林走回家，在我們全身溼透拚命發抖的爬上岸之後。

約拿只要我作伴。他有兩個雙胞胎弟弟，拉爾司和奧得，而他跟我同年。我不知道那年我去了奧斯陸，其餘的時間他都跟誰在一起，他從沒跟我談起過，我也從沒告訴他我在那個城市裡做了什麼。

他從來不敲門，總是靜悄悄的走河邊小徑過來，將小船拴在那兒。他會等在門口，等著我發覺他來了，但絕不會等太久。即便是大清早我還睡著，在夢裡會感受到一些騷動，就好像尿急了，拚命要醒過來似的，然後我一睜開眼，知道其實不是為了那個，我直接走到門口，開了門，就看到他在那裡。他露出那特有的微笑，習慣性的斜睇著眼。

「去不去？」他說，「我們去偷馬。」

這「我們」一般指的就是我和他，如果我不去，他就一個人去，那當然不好玩。再說，單獨一個人偷馬很難。事實上，也是不可能的。

「你等了很久嗎？」我說。

「我剛到。」

他總是這麼說，我從來不知道是真是假。我站在門階上，只穿了條內褲，我越過他的肩膀看，天已經亮了，河面上有絲絲縷縷的霧氣，有點冷。不久會暖和起來，可是現在雞皮疙瘩爬滿我的肚子和腿胯。我仍舊站在那裡注視著河水，看著它從稍遠的河彎轉過來，在霧氣中亮亮的軟軟的，流過去。它銘刻在我心裡。整個冬天我都夢見它。

「哪裡的馬？」我說。

「巴卡的馬。他把牠們圍在森林的圍場裡，在農莊後面。」

「我知道。進來等我穿上衣服。」

「我在這裡等。」他說。

他從來不進屋裡，也許是因為我父親。他從來不跟我父親說話，連哈囉都不說。在路上買東西遇到彼此的時候，他都只看著地上，而我父親會停下來回過身看著他說：「這不是約拿嗎？」

「是。」我說。

「他怎麼回事？」我父親每回都這麼說，好像很尷尬，每回我都說：

「我不知道。」

事實上我真的不知道，我從來沒想問過。現在約拿站在門階上，那其實只是一塊石板，他垂眼盯著河水，我則從樹幹做的一張椅子背上抄起衣服，儘快的穿好。我不喜歡讓他站在那裡久等，即使門開著，我會讓他從頭到尾都看得見我。

顯然我應該明白在那一個七月的早晨有些特別，或許是河上的霧和山麓上的嵐，或許是天空白亮的光，或許是約拿說話時的樣子，也或許是他在門口一動一靜的樣子。可是我才十五歲，我唯一注意到的是他沒有帶著總不離身的槍，那是為了防萬一有野兔竄過我們走的小徑，但這也沒什麼奇怪，現在只是去偷馬，我們畢竟不是要去射馬。就我當時的看法，他還是跟平常一樣：斜睇著眼，又沉著又熱情，一心專注在我們要去做的事上面，沒有一絲不耐煩的跡象。我很中意這點，這早就不是祕密，在我們的探險活動當中，跟他比起來，我是個遲鈍的慢半拍。他有多年的歷練，而我唯一拿手的是跨騎在圓木頭上順水流，我的平衡感渾然天成，是個天才，約拿也是這麼想的，雖然他沒有明說。

他對我的指導就是勇往直前，他教我只要肯放開手，不要瞻前顧後的想太多拖慢自己的腳步，我才可以達成許多不可能達成的夢想。

「好了。都準備好了，走。」我說。

我們一起出發從小徑走向河邊。時間很早，扇形的陽光刷過山麓，給萬物帶來全新的色彩，水面上殘留的霧氣化開消失了。我感到暖意立刻鑽進了毛衣，我閉上眼睛，一步也不會踏錯的走著，直到我知道我們已經到達了河岸。我睜開眼攀下河水侵蝕過的鵝卵石，登上搖搖晃的小船。約拿先把船推離岸邊再跳上來，拿起槳短促有力的划入溪流，他讓小船漂一段路再開始划，一路划到五十公尺開外的對岸。從小屋的方向完全看不到我們。

然後我們爬上斜坡，約拿走在我前面，我們沿著草原邊的鐵刺網走，牧草在一層淡霧底下豎得高高的，過不久這些青草就要被割掉了放在架子上曬乾。感覺好似走在只到屁股高的水域裡，沒有一點阻力，就像在夢境。那時候我常常夢見水，我對水特別有好感。

這是巴卡的牧草地，我們來過很多次了，在牧草地之間有條路通往小商店，身上有錢的時候我們就走這條路去買雜誌或糖果之類的東西；口袋裡的銅板隨著我們的腳步，一個、兩個，有時候甚至五個在那裡叮噹作響，或者我們會走另一個方向去約拿的家，每次去他家他母親歡迎之熱烈，你如果看了一定以為我是什麼王公貴族，可是他父親不是埋頭在報紙裡，就是消失在穀倉裡忙著一刻也不能等的活。這其中總有些我搞不太懂的地方，不過我不會為這事煩惱，他在穀倉裡愛待多久就待多久，我根本不在乎。不管發生什麼，反正夏天結束我就回家了。

巴卡的農莊在道路最遠的一頭，在他每隔一年種一次燕麥和大麥田的後面，從某個角度看，跟森林和穀倉很接近。他就在森林裡用鐵刺網圍起好大一個範圍養了四匹馬，兩座山頭的每一棵樹都在範圍之內。這是他的森林。他是這一區最大的地主，大家都受不了這個人，我不知道為什麼。他從來沒對我們做過什麼事，我也從沒聽過他口吐惡言，可是他有一個大農場，約拿是小佃農的兒子。其實在這塊離瑞典邊界只有幾公里路的河谷地，人人都是小佃農，大多數人仍舊靠自己的莊稼收成和運去乳品場的牛奶度日，到了伐木季節就改當伐木工，在巴卡的森林，或是其他地點，有個林子是屬於從貝魯姆❶來的一個闊佬的；西北邊成千上萬塊的土地都是他的。依我所見，大家都沒什麼錢。巴卡也許有一些，約拿的爸爸沒錢，我父親當然也沒有，至少我認為如此。所以他怎麼會湊足錢買下這間避暑的小屋，到現在仍是個謎。坦白說，我始終摸不清楚我父親到底靠什麼謀生，靠什麼在養活他自己、養活我們，讓我們跟其他人一樣的過日子。他的工作常常一個接一個的換，其中總是牽扯到許多的工具和小機器，有時候他會握著鉛筆在那裡想事情、計劃事情，要不就是離家遠行，走遍全國各地，各個我從來沒去過也從來不知道長什麼樣子的地方，反正他沒跟什麼人領錢就是了。常常他有一堆事情要做，另

❶ Baerum，位於挪威奧斯陸外圍的城市。

外一些時候又很閒，不過，他還是存足了錢，前年我們第一次到這裡的時候，他四處走著看著，神祕兮兮的笑著，拍拍那些樹，坐在河岸的大石頭上托著下巴，望著河水，彷彿是在和老朋友們敘舊——有可能嗎？那當然不可能。

我和約拿離開了草原的小徑走上大路。雖然我們之前來過很多次，但這次的感覺很不同，我們是來偷馬，我們知道這代表什麼。代表我們將成為罪犯，這會改變一個人的，面貌會因此而改變，行為態度也會因此改變，讓別人一點辦法也沒有。偷馬，更是罪犯中最壞的。我們知道貝克斯河以西的法律，我們看過牛仔雜誌，也許我們可以說我們是在貝克斯河以東，很遠很遠的東邊，你可以說情況會大不同，就看你怎樣看待這個世界。可是那條法律是不講情面的，如果被抓到了，他們直接就在你脖子上繞一條繩子；粗糙的麻繩對上柔軟的皮膚，有人朝馬屁股上用力一鞭，牠就從你大腿下面飛奔出去，你一生就從此在取用不盡的空氣裡存活。現在，這條性命在閃過的一堆愈來愈模糊的印象中消失，直至你感到整個人被掏空，你完全看見自己被掏空，然後眼前充滿了迷霧，最終變成一片漆黑。才十五歲啊，這是你最後的一個想法，沒有什麼大不了的事，只為了一匹馬而已，然後一切的一切都太遲了。巴卡的屋子灰灰重重的坐落在森林邊緣，顯露出從未有過的威脅感。清晨裡，那屋子的窗戶很暗，也許他就站在那裡看著大路，看得見我們行走的樣子，清清楚楚地知道我們想做什麼。

現在回轉已經太遲了。我們僵硬的在碎石子路上走了兩、三百公尺，轉過一個彎，屋子看不見了。然後我們又繼續走上另外一條小徑，穿過另外一片也是巴卡所有的野地，進入了森林。一開始林木又密又黑全是高大的雲杉，沒有矮樹叢，只有深綠色的青苔，像巨幅的地毯，走在上面軟軟的，因為這裡光線透不大進來，我們一步一腳印的走著，每踩一步都能感覺到青苔往下一陷。約拿穿著破球鞋，走在我前面。我們繞過一個大彎，仍舊靠右邊，頭頂上的空間和光線逐漸開闊，忽然就看見了兩道亮晃晃的鐵刺網。到了。在我們眼前是一大塊空地，這裡的雲杉全都砍掉了，松苗和樺樹豎得出奇的高，它們背後沒有半點掩蔽，有些樹因為吃不消北邊的風，連根倒了下來。在雲杉的斷枝殘幹中間，野草長得蒼翠茂密，更遠處的一堆樹叢後面我們看見了那些馬，只看得見馬屁股，甩著尾巴拍打馬蠅。我們聞到馬大便的氣味，溼溼的沼苔味，還有甜甜的、刺鼻的，很常見卻又說不出是什麼的味道，都是屬於這個森林的。森林綿延不斷的往北走，進入瑞典，越過芬蘭，一路直上西伯利亞，你很可能在這個森林裡迷路，一百個人搜上好幾個禮拜也絕不可能找到你，怎麼會這麼倒楣，我想著，幹嘛在這裡迷路呢？只是當時我不知道這個想法有多麼的嚴重。

約拿彎下腰在兩排鐵刺網中間爬行，一隻手按住較低的那一排，我躺在地上從較低的一排網子底下滾過去，我們的褲子毛衣一點都沒有勾破。我們小心翼翼的走過草叢走向那些馬。

「那棵白樺樹，」約拿指著說，「爬上去。」離馬匹不遠有一棵很大的白樺樹，枝椏粗壯，最低的部分離地三公尺。二話不說，我輕手輕腳的走向那棵大樹。我一走近，那些馬抬起頭轉過來看著我，牠們停在原地，繼續嚼著草，沒有騷動。約拿從另外一邊以半個圓圈的方式繞過來。我踢掉鞋子，兩手摸著樹幹後面，找到一個可以踏腳的裂縫，把另一隻腳平貼著樹幹，像猴子似的往上爬，爬到左手搆住樹枝為止，我傾身向前用右手抓牢了，讓左腳滑離粗糙的樹幹，先靠兩手撐住自己一會兒再把整個人往上提，坐在那裡兩腳懸空晃盪。那個時候我做這種事輕而易舉。

「好了，」我靜靜的招呼，「準備好了。」

約拿蹲在那些馬匹前面，低聲的跟牠們說著話，牠們安靜的站著，腦袋都向著他，耳朵往前推，專注的聽著那幾近耳語的聲音。從我坐的枝椏聽不見他在說什麼，可是當我招呼「好了」的時候他立刻跳起來，大喊：

「呵喂！」一邊喊邊展開手臂，那些馬兒著圈子開始跑。跑得不太快，也不太慢，兩匹向左邊，兩匹筆直朝著我的樹過來。

「預備。」約拿叫喊著，以童子軍敬禮的方式望空豎起三根手指。

「早預備好了。」我喊回去，我把肚子貼著樹枝，靠兩隻手保持平衡，兩條腿像剪刀似的懸空張開。我胸口隱約有打鼓的聲音，是來自地面再傳上樹梢的馬蹄聲，還有一種來自不同地方的顫抖，那是從我自己的身體裡，它從肚子開始，到屁股打住。無法可想，所以我乾脆不想它。我準備好了。

那些馬過來了。我聽見牠們重重的呼吸聲，樹的震動更強了，馬蹄聲填滿了我的腦袋，在我看到最近一匹馬的口鼻出現在我的下方時，我滑下樹枝，兩腿僵直的朝兩邊叉開，再一鬆手降落到馬背上，稍微太過接近牠的脖子，牠的肩胛骨撞到我的褲襠，一股嘔吐的感覺直衝上我的喉嚨口。看電影裡劍俠蘇洛做起來好簡單，我現在卻眼淚直流，一面想吐一面得雙手死命的抓住馬鬃，我傴身向前，嘴唇抿得死緊。那馬狂猛的甩著頭，牠的背部頂撞著我的褲襠，牠的速度愈來愈快，另外一匹馬緊追不捨，我們一起奔雷似的在樹幹之間奔馳。我聽見約拿在我身後吼著「呀荷！」，我也好想大吼，可是我做不到。我滿嘴都是要吐出來的東西，連呼吸都不能了，終於我一股腦的全部吐到了馬脖子上。現在一陣陣嘔吐物的味道加上那些馬匹的聲音，我再也聽不見約拿的吼聲了。突然，有一個很急促的聲音，響雷的馬蹄聲漸漸停止，馬背對我身體的衝撞也回復到像是我自己的心跳，四周忽然出現的靜默蔓延開來，蓋過了所有的一切。透過這份靜默，我聽見了鳥叫聲，我清楚的聽到雲杉樹梢有隻畫眉鳥，高高的天上雲雀聲聲，還有好幾種鳥兒唱著我沒聽過的歌，這感覺好詭異，就像一部無聲的電影配上了一些別的聲音，在同一時間我身處在兩個地方，沒有任何一點傷。

「呀荷！」我尖叫。我可以聽見自己的聲音，但是好像來自別的地方，來自鳥兒唱歌的那一個廣垠的空間，來自寂靜中的那一聲鳥叫。這一瞬間，我感到完全的快樂。我的胸口鼓脹得像手風琴的風箱，我每呼吸一次就會有音符跑出來。這時我看到面前的森林透著一樣發光的東西，是鐵刺網，我們已經衝過空地以驚人的速度直奔另一邊的圍籬，馬背又不斷的在撞擊我的褲襠，我死命的拽著馬鬃心想著：我們要跳過去了。可是並沒有。就在快要到圍籬的時候，兩匹馬同時一個急轉，物理的定律把我從馬背上扯開，揮手踢腳的騰空而去，不偏不倚的飆過了圍籬。我感覺到鐵絲勾裂了毛衣的袖子，一陣劇痛，然後我躺在石南草叢裡，強大的衝擊力把我體內的空氣全部撞空。

我大概有幾秒鐘失去知覺，因為我記得一睜開眼彷彿面對一個全新的開始：眼前沒有一件事是熟悉的，我的腦袋空空，什麼想法也沒有，所有的一切都好乾淨，天空藍得透明，我不知道自己叫什麼，甚至自己的身體也不認得了。無名無姓的我飄來盪去第一次看著這世界，只覺得它出奇的光鮮亮麗，我聽見一聲馬嘶，還有奔騰的馬蹄聲，忽然，似乎有支呼呼作響的回力棒就這麼啪的敲在我額頭上——全部又都回籠了，我想，要命，我癱瘓啦。我看著自己突在石南草叢裡的兩隻光腳丫，它們跟我一點關係都沒有。

當我看見約拿騎在馬背上，一條繩子繞著馬鼻子，朝著圍籬過來的時候，我仍舊躺在地上。他用那條繩子控制馬匹。他拉扯繩子，恰好停在圍籬的另一邊，那馬幾乎是貼著圍籬旁邊停住。他垂眼看著我。

「你躺在這裡？」他說。

「我癱了。」我說。

「我想不會。」他說。

「應該會。」說著，我再看看自己的腳。我站起來。很痛，在背上，都在同一邊，身體裡面應該沒問題。前手臂有個裂口在出血，滲到了毛衣外面，是很大一個撕裂傷，不過只此而已。我把袖子剩下的部分扯下來綁住受傷的胳臂，綁得很結實。約拿平靜的坐在馬背上。我現在才看見他手裡握著我的鞋子。

「你要不要再騎上來？」他說。

「我想不要了，」我說，「我的屁股好痛。」雖然那不是我受傷最重的地方，我感覺到約拿笑了一下，但不太確定，因為太陽光照著我的臉。他滑下馬鬆開纏著馬鼻子的繩子，手一揮叫牠走。馬兒快樂的走了。

約拿同樣用原先進去的方式鑽出了圍籬，他的腳步輕快俐落，哪裡都沒刮傷。他走過來把我的鞋扔到石南草堆裡。

「你可以走嗎？」他說。

「可以吧。」我說。我把兩隻腳推入鞋子，不繫鞋帶了，免得還要彎腰，然後我們慢慢的走進了森林。約拿起初拿著一根軟樹枝陪著我走，我的背很僵硬，一條腿稍微用拖的，一條手臂固定貼靠著我的身體，林子裡的路還長著，我擔心時候一到可能走不到家了。我想起幾個星期前父親要我去小屋後面割草的事。草長得太高，不久就會倒下來變成硬硬的一片草褥子，到時候什麼東西也長不出來了。你可以用短柄的鐮刀，他說，對一個生手來說拿起來比較容易。我去棚子裡取出鐮刀，卯足了力氣開始幹活，我盡力把每個動作做到跟父親一樣，既然他跟我做的是同樣的事。我不停的割，割到滿頭大汗，成果很不錯，雖然鐮刀在我算是全新的一種工具。沿著小屋的牆壁有一大塊帶刺的蕁麻，長得又高又密，我繞足大半個圈子才能繼續工作，父親轉身過來看著我，他歪著頭搓著下巴，我直起身子等著聽他的高見。

「為什麼不把蕁麻割了？」他說。

我低頭看著短鐮刀，再看那些高高的蕁麻。

「會傷到手很痛。」我說。他半帶笑的看著我，微微的搖了搖頭。

「等傷到了再做決定吧。」說著他突然嚴肅起來。他走向蕁麻叢，空手抓住一把帶刺的植物，穩穩的把它們連根拔起，一把接一把，落成一堆，在沒拔完之前不打算罷手。他臉上沒有一點痛苦的表情，我覺得有點難為情。我跟著約拿走在小徑上，挺直身子調整步伐，照著正常的姿態走，走了幾步之後我想不通自己為什麼不一開始就這樣走。

「我們要去哪裡？」我說。

「我要給你看樣東西，」他說，「不遠。」

現在太陽升得很高了，樹底下很熱，聞起來都有熱的味道，森林裡到處都是聲音；有拍動翅膀的聲音，有枝椏斷裂的聲音，野兔發出來的咻咻聲，蜜蜂拈花時候隱約的嗡嗡聲。我聽見螞蟻在石南叢裡爬。我們行走的小徑隨著山坡的走勢向上，我用鼻子做深呼吸，想著不管日後生命如何轉折，行腳走到多遠，我要永遠記得這個地方這一刻的樣子，想念著它。轉身後，我從松樹和樅樹的間隔裡看見山谷，我看見谷底閃爍蜿蜒的河流，我看見巴卡鋸木廠的紅瓦屋頂在河岸偏遠的南方，窄窄的河道旁，那條綠色小徑上還有好幾間農舍。那裡的每戶人家我都認識，我也知道每間房子裡住了多少人，就算看不見更遠的河岸邊我那間小屋，我也可以明確的指出它就在哪些樹後面。我不知道父親是否還睡著，或者他正走來走去的在找我，他並不會擔心我到底去了哪裡，會不會很快回家，他該不該開始做早餐，想到這裡我忽然覺得好餓。

「到了，」約拿說，「喏。」他指著離小徑稍微有些距離的一棵大杉樹。我們站定了。

「這棵樹好大。」我說。

「不是那個，」約拿說，「過來。」他走向大樹開始往上爬。這並不難，最低的樹枝又長又結實，沉甸甸的垂著，很容易抓住，不一會兒他就上了好幾公尺，我也跟進。他爬得好快，爬了將近十公尺之後他停下來坐著，等我們兩個爬到相同的高度，樹上的空位多得是，我們肩並肩坐在各自的粗枝幹上。他指著他坐著的那根樹梢，樹枝盡頭一分為二。有個鳥巢垂掛在分叉點上，看著好像一個很深的碗，更像一個蛋捲霜淇淋筒。我看過許多鳥巢，從沒看過這麼小的，那麼輕，用青苔和羽毛編造得那麼完美。它不是掛著，而是懸著的。

「戴菊，」約拿壓低了聲音說，「第二窩。」他彎身向前，把手伸向鳥巢，用三根手指探進覆蓋著羽毛的開口，摸出一枚鳥蛋，迷你極了，我只敢坐在那裡盯著看。他把鳥蛋平衡在指尖上，遞到我面前好讓我看得更清楚，我目眩神迷的看著想著，再過幾個星期這個迷你的小橢圓就會轉變成一隻活生生的鳥，有著一雙可以帶著牠飛離樹枝，俯衝直下卻從來不會失足墜落的翅膀，這雙翅膀可以讓牠隨心所欲的一飛沖天，把地心引力徹底拋開。我衝口說出：

「天哪，」我說，「太詭異了，那麼小的東西居然能活還能飛。」這個說法也許並不恰當，更不足以形容我內心激動的感受於萬一。但是在那一刻出現了一件我完全無法理解的事，我抬起眼，看見約拿的臉色緊張而且慘白。不知道是因為我脫口而出的那兩句話，還是他手裡握著的鳥蛋，我始終不知道。他瞠視著我的眼睛，彷彿之前從來沒看過我似的，這是他唯一沒有瞇眼的一次，他的眼珠大又黑。突然他攤開手，任小鳥蛋掉下去。它沿著樹幹往下落，我的視線跟隨著它，眼看著它敲到較低的一根樹枝，碎了，分解成慘白色的小碎片，往四面旋啊轉的，墜得像雪花，幾乎毫無重量，輕輕柔柔的飄開了。也或許那是我記憶中的樣子，我記不起還有哪件事能讓我如此的情急。我再抬起眼看約拿，他已經傾過身子，用一隻手把懸在枝椏叉口的鳥巢扯下來，撐直了胳臂，就在我眼前幾公分的地方把它夾在手指間捻成粉末。我想說話卻一個字也說不出來。約拿的臉像一張粉白的面具，張著嘴巴，那嘴裡發出來的聲音令我全身發冷，我從來沒有聽過像這樣的聲音；像一頭我從未見過也絕不想見的動物。他再攤開手，把碎鳥巢用力拍打樹幹，在樹皮上揉搓，小碎屑不斷的往下飄，最後只剩下我不忍看的一些汗斑。我閉起眼睛，緊緊閉著，等我再睜開的時候，約拿已經爬下去了。他幾乎是一枝接一枝的往下滑，我俯看著他一頭棕色的怒髮，他一次也沒抬頭望。剩最後幾公尺他乾脆讓自己筆直的墜落，咚的一聲栽到地上，我坐在上面聽得很清楚，他像一只空袋子似的跪撲下去，額頭著地，就這樣無休無止的蜷縮在那裡動也不動，在這一整個無止境的時間裡我連大氣都不敢喘。我不明白到底發生了什麼，但是感覺得出是我的錯。我只是不知道為了什麼。最後他僵硬的站起來走下小徑。我呼出一口氣再慢慢的吸進來，我的胸口有哨子的聲音，我聽得很清楚，很像氣喘。我在奧斯陸認識一個得氣喘病的男人，他就住在我們那條街上，他呼吸的時候就像我現在這樣。我得了氣喘病了，我想，狗屎，氣喘病原來是這麼來的，是在出意外的時候。我開始往下爬，不像約拿那樣快，比較像是把每一根樹枝都當成我必須好好抓牢的地標，以免錯過了任何一樣重要的東西，在爬下樹的這段時間我全程**想著**呼吸。

天氣是不是變了？大概是吧。我站在小徑上，約拿不見蹤影，消失在我們的來時路上，忽然我聽見樹上有一陣急促的聲音。我抬起頭看見雲杉的樹梢彼此不斷的搖來擺去，我看見高高的松樹在風中彎了腰，我感覺到腳下的土地在晃。就像站在水上，我的頭好暈，我四下張望想找個支撐的東西，可是所有的東西都在動。天空，剛才還藍得那麼透明，現在成了鐵灰色，在山谷另一邊的山脊有一道昏暗的黃光。這時山麓上強光一閃，緊跟著一聲巨響，我全身都感覺到了，氣溫在下降，我胳臂上被鐵刺網劃開的地方開始作痛。我盡可能的加快腳步，幾乎是用跑的，跑過我們來時的小徑，跑向馬場。到了那裡我望過圍籬，望過樹林，一匹馬也看不見，那一刻我很想抄捷徑穿過林間的空地，結果卻沿著圍籬的外面，足足繞了一大圈才走上通往大路的小徑。我向左轉開始跑步，風停了，森林靜闃無聲，新出現的氣喘症緊緊的扣著我的胸膛。

我站在大路上。最初的幾滴雨滴敲著我的額頭。我遠遠的看到約拿了。他沒有跑，否則不會那麼接近。他走得不很快，也不很慢，就只是走著。我想應該要叫他，叫他等一等，但我不確定自己的氣夠不夠。再說，他的身影裡有一種莫名物令我退縮，所以我繼續走在他後面，我們之間一路都保持相同的距離。經過巴卡的農莊，現在農莊的窗戶都亮起了燈光，天色太暗了，我不知道他是否站在窗戶裡看著我們，他知道我們去了哪裡。我望天空，希望剛才那幾滴雨水就到此為止，就在這時山頭又一道閃電，同時又一聲巨響。我從來不害怕雷聲，我現在也不怕，只是我知道當閃電和雷聲如此接近的時候，很可能就會擊中離我不遠的地方。像這樣毫無遮掩的走在路上是很特別的經驗。雨像一堵牆似的衝著我而來，我忽然就處在那一堵牆的後面，不消幾秒鐘全身溼透，就算光著身子也沒什麼差別了。整個世界都是灰色都是水，我幾乎看不見走在我前面一百公尺左右的約拿。我並不需要他帶路，我知道該往哪裡走。我轉上小徑穿過巴卡的牧草地，就算我全身沒溼透，那高高的牧草也準會使我的褲管變得又黏又重。現在都無妨了。我想著，現在巴卡得等上好幾天才能割草，先要讓草乾了才行。溼草不好割。我不知道他會不會像前一年那樣，叫我和父親過去幫忙堆乾草堆。我不知道約拿是不是上了小船自己一個人過河去了，或者在河岸等著我。我可以回頭走小店那條路，再由另一邊穿過森林，只是那條路太長又難走。或者我可以游泳過去。現在水一定很冷，水流一定很強。我一身溼衣服凍得難受——不如脫了。我停下來，動手脫掉毛衣和襯衫。很不容易，它們巴著我的身體，最後總算脫了下來，我把衣服捲成一捆夾在胳臂底下。樣樣東西都那麼的溼，簡直有點可笑，雨水打在我光溜溜的身上，反而以一種奇特的方式溫暖著我。我用手摸著皮膚，居然什麼感覺也沒有，皮膚和手指全都麻木了，我感到又累又睏。要是躺一會閉一下眼睛，我想，那該多好啊。我繼續走了幾步，用手抹掉臉上的雨水。我覺得頭暈，而當時我就在河邊上，卻什麼也聽不見。約拿在我面前，坐在小船上。他的頭髮，平常總是一副怒髮衝冠的樣子，現在溼得全部貼在頭皮上。他從雨裡看著我，一面撐起槳，把船尾頂向河岸，他一句話也不說。

「嗨。」我笨拙的走完最後幾公尺的路，踩上光滑的卵石。我滑了一下，不過沒摔倒，然後上了小船坐在後面的座板上。我一上船他就開始划，很辛苦，我看得出來，因為我們逆著水流，小船動得很慢。他一定很累，不過他還是要送我到家。他自己住在下游，我很想說不必麻煩了，他只要送我一程，剩下的路我自己會走。可是我什麼也沒說。我說不出來。

終於我們到了。約拿把小船用力轉過來，儘量貼近岸邊方便我直接跳上岸。我上了岸，站在岸上看著他。

「再見，」我說，「明天見。」他沒有回答，只把槳提出水面，任由小船自己漂，他回頭定定的望著，那細窄的眼神在當時我就知道這輩子再也忘不掉。

三

我和我父親，我們提前兩個星期出發，從奧斯陸搭火車，再從艾佛倫坐好幾個鐘頭的巴士。巴士有一套我永遠搞不懂的停靠路線，總之常常在停，有時候頂著炙熱的大太陽我坐在發燙的座位上睡著了，一覺醒來往車窗外看，似乎連一小步都沒動過，我看到的依舊是我睡著之前的相同景象；一條曲折的碎石路，兩旁的田野和農莊，漆著白色的房舍和漆著紅色的穀倉，有些很小有些比較大，路旁鐵刺網圍籬後面的牛群躺在草地上不停咀嚼，小牛在陽光下半瞇著眼，牠們幾乎千篇一律都是棕黃色，只有少數在棕或黑上面夾雜著一些白的花斑，農莊後面一片濃鬱的森林一路攀上不變的山麓。

這個旅程或多或少總要耗上一整天，怪的是我不會覺得無聊。我喜歡看著車窗外，看到眼皮變得又重又熱，我睡個覺醒過來再看，起碼超過第一千次了，再不然我轉過來朝我父親那邊看，他全程都把鼻子埋在書裡，是很專門的一本書，有關建築或機械、馬達方面的，他超愛這些東西。他會抬起頭看看我點頭微笑，我也會回他一個微笑，之後他又專心一意的埋進了他的書裡。我在睡夢中夢見很溫暖的事，很愉快的事，我最後醒過來的時候，總是因為父親在搖我的肩膀。

「嗨，老大。」他說，我睜開眼往四處看。巴士停了，引擎也關掉了，我們在小店前面的大橡樹樹蔭底下。我看見通往大橋的小路，河流在橋下特別窄，湍急的水流冒著泡泡，低低的日頭在四濺的水花中閃耀著光芒。我們是最後下車的旅客。這是終點站。巴士不再向前行了，從這裡開始我們必須靠走路，我心想父親就是這樣，盡可能的帶我遠行，在這一個仍然稱作是挪威的地方。我不問為什麼非要在**這裡**，這很像是他在測試我，我不介意。我信賴我的父親。

我們從巴士後面的行李櫃裡取下包包和衣物走向大橋。在橋中間我們停下來看著近乎綠色的急流，抓起釣魚的竹竿，在新的木頭欄杆上一陣拍打，再朝河裡吐一口口水，父親說：

「等著瞧吧，雅各！」

雅各是他對所有魚群的稱呼。他總是帶著輕蔑的笑臉對著河水，讓胸口抵著欄杆，並伸出一隻裝腔作勢的拳頭——等著瞧吧，雅各，看我們來逮你了。他曾用這模樣對著家鄉奧斯陸的海水灣，也曾對著這條大半個圈子繞過瑞典的邊境轉入這個村子，再往南走幾公里回流入瑞典的河川。我記得前一年我看著橋下迴旋的河水，心裡想著不知道有沒有辦法，或者有沒有可能看出、感覺出，甚至嘗出這水真的是瑞典來的，而它只是借路過境這裡而已。只是當時我還太年輕，對世界知道的不多，終究那只是一個幻想。我們站在橋上，我和我父親，我們相視而笑，我覺得滿腹的期盼在蔓延。

「如何？」他說。

「不賴。」我忍不住的哈哈大笑。

§

現在我在雨中從河裡上岸。在我身後，約拿還在急流裡划著小船。我不知道他是否也會大聲的跟自己說話，像我一個人的時候那樣，敘述著自己剛剛做過的事，左思右想，最後用一句我沒得的選擇作為結束。可能他不會。

我全身冰冷，牙齒打顫，毛衣和襯衫都夾在臂彎裡，現在再穿上已經太遲了。天空比平常的黑夜還要黑。父親在小屋裡點起了煤油燈，窗戶上映出溫暖的黃光，煙囪裡裊裊升起的灰煙，一上屋頂立刻被風打壓，屋瓦上水和煙混在一起，看起來像灰色的麥糊。很詭異的景象。門半掩著。我走上門廊嗅著門縫裡散出來煎培根的香氣。我停在屋簷底下。經過這麼長的時間，終於第一次，雨水不再從我頭上嘩嘩的刷下來。我站了一、兩分鐘，拉開門走進去。父親在爐灶邊做早餐，我站在門檻上，水滴不斷滴到碎布毯上。他沒有聽見我。我不知道現在幾點，不過我知道他已經儘量的延後了做早餐的時間。他在襯衫外面套了件全是破洞的舊毛衣，這是他工作時候最喜歡的行頭。從我們來到現在他沒刮過臉，鬍子變長了，一副毛茸茸很自在的模樣。他會摸著下巴說，這樣的男人我喜歡。我咳了一聲，他轉頭看著我，頭往一邊歪去。我等待他發話。

「哈呀，好一個溼小子。」他說。

我點點頭。「是啊。」我牙齒打顫的說。

「站著別動。」他把煎鍋從火上移開，進入臥室拿了條大毛巾過來。

「把鞋子褲子脫了。」他說。我照他的話做。好不容易，我全身光溜溜的站在地毯上，感覺自己又像個小男孩了。

「過來爐子這邊。」我走向爐子。他加了兩塊新的圓木頭進去，關上爐子的小門。透過調節閘我看到火焰在竄升，熱浪從黑色的生鐵一波波湧上來，幾乎燙痛了我的皮膚。他拿毛巾圍住我開始搓我的身子，起先很小心，然後愈來愈用力。我覺得全身彷彿要著火了，他就像印地安人在搓著兩根木棒生火；我原先是一根僵硬的乾柴，這會兒變成了一個熾熱的火人。

「哪，自己圍好。」他說。我把毛巾牢牢的圍著肩膀，他又去臥室拿來乾淨的褲子、厚毛衣和襪子。我很慢很慢的穿上衣褲。

「餓嗎？」他問。

「餓。」我說，之後好長一段時間我都不再說話。他端上他親自在舊烤箱烤熟的培根蛋加麵包，塗上奶油，然後切成厚塊。我吃遍了他擺在我面前的每一樣東西，他也坐下來吃。我們聽著雨聲啪嗒啪嗒的打在屋頂上。雨下在河上，約拿的小船上，到小店的路上，還有巴卡的牧草地上；雨刷過森林和馬場裡的馬匹，還有樹上所有的鳥巢，刷過麋鹿和野兔，和村子裡每戶人家的屋頂，但是小屋裡面溫暖乾爽。爐灶裡劈啪的響著，我吃到盤子見底，父親嘴角半帶笑意的吃著，好像這是一個平常不過的早晨。其實**不是**。我忽然覺得很累，身子一趴，頭枕在手上，就著桌子便睡著了。

醒來時我躺在下鋪的鴨絨毯子底下，這本來是我父親睡的位子。我身上還穿著衣服。太陽光從小屋後面的窗子射進來，我直覺早已過了十二點。推開鴨絨被，我直接起身，把兩隻腳放到地上。感覺很棒，只有一邊稍微有些軟癱無力的感覺，沒什麼大要緊。我走進客廳，門敞開著，院子裡有太陽。潮溼的草地亮閃閃的，霧氣像地毯一樣蓋在離地一公尺左右的高度。一隻蒼蠅在窗子上嗡嗡叫著飛來飛去。父親站在角落的碗櫃旁邊，從背包裡把一些食品雜貨取出來擱在架子上，他顯然趁我睡覺的時候已長途跋涉去到小店走了一趟。

他看見我，立刻停下手邊的事，站在那裡一隻手還拎著一只袋子。四周非常的靜，他非常的嚴肅。

「你人覺得怎樣？」他說。

「還好，」我說，「我覺得還不錯。」

「太好了。」他說完安靜下來，過一會又說：

「今天早上你出去的時候，是跟約拿一起，是吧？」

「是。」我說。

「你們做什麼去了？」

「我們去偷馬。」

「你在說**什麼**？」父親嚇了一大跳。「誰的馬？」

「巴卡的馬。我們不是真的偷。只是偷著騎。把它說成『偷』聽起來比較刺激。」我小心謹慎的笑著，他卻沒有半點笑容。「不太成功，」我說，「我被摔下來了，剛好摔過鐵刺網的圍籬。」我舉起手臂給他看傷口，他卻只是筆直的盯著我的臉。

「約拿呢？」

「約拿？他還是跟平常一樣。只是在最後，他要拿戴菊的小鳥蛋給我看，戴菊的鳥巢高高的在雲杉上，後來突然他就把整個鳥巢都捻碎了，就像這樣——」我再舉起手臂，用拳頭做出一個擠壓的手勢，父親把最後一個袋子放進碗櫃，仍舊看著我，點點頭，接著他關起了碗櫃門，摸著他長滿鬍子的下巴。我又繼續說：

「然後他就走掉了，然後雷雨就開始了。」

我父親將背包拿到門口，放下，站在那裡背對我望著院子。他搔搔脖子，轉身回來在桌子旁邊坐下，說：

「你想不想知道大家都在小店說什麼？」

我其實並不想知道人家在小店說些什麼，總之他還是會告訴我就是了。

「想。」我說。

§

前一天約拿帶著他的槍出去，像往常一樣去獵野兔。我不知道他為什麼那麼瘋開槍打野兔，總之這已經成了他的絕活，他很棒，兩隻總有一隻中。以野兔這樣機伶的小動物來說，這算是相當厲害了。我不知道是不是他們全家都把這些野兔吃了，他們應該會吃得有些膩吧。總之，他晃著兩隻耳朵綁上細繩子的兔子回家，笑得像太陽一樣，因為那個早上，他總共發了兩槍，兩槍都擊中目標，即使對他來說這也是一次罕見的大勝利。現在他回家見他的父親母親，向他們炫耀他的戰利品，可是他母親去印百答❷拜訪朋友了，他父親在森林裡。當時他匆匆趕著出門完全忘了，不管家裡有沒有人在，照顧兩個雙胞胎是他的責任。他在玄關放下槍，把拴著兔子的細繩掛在掛釘上，奔進屋子找兩個弟弟。他們不見人影，他再跑進院子繞過柴房轉到穀倉，還是找不到他們兩個。現在他驚慌了。他衝下河，沿著他們常去的小碼頭邊上找，轉回頭再沿著上游的河岸找，他沿著下游找，找來找去只看到一隻松鼠在一棵雲杉上。

「該死的樹熊。」他說。他傾身向河水，兩隻手在水裡撩撥彷彿想把水撥開了讓他看得更清楚，但這當然是毫無意義，水深只到他的膝蓋而且清澈見底。他直起身子呼了一口長氣，努力的想，就在這時候，他聽見屋子那邊傳來一聲槍響。

槍。他忘記做安全處理了，他沒有把最後一顆子彈取出，這是每次回家他必做的一件事。這個武器是他唯一最珍貴的東西，他照顧它，擦亮它，讓它保持最好的狀態，彷彿它就是他的

❷ Innbygda，挪威特利西爾市（Trysil）的行政中心。

小寶寶，從他十二歲生日那天他父親把槍送給他之後就一直如此，他謹記父親嚴格的訓示，怎麼才叫使用得當，特別是怎麼叫做使用「不當」。他總是把槍膛拉開一半取出所有的子彈，再掛回牆上櫃子裡的掛鉤上。這次他只是把它擱在玄關，因為他忽然想起了自己的疏忽，他是負責照顧兩個雙胞胎弟弟的人，當時只有他們兩個留在家裡。他們才十歲。

約拿從河裡竄上來，沿著河岸，抄直線往家裡狂奔，這條路似乎太長了，又溼又重的褲管巴在他的膝蓋上，他的鞋子嘎吱的響，每走一步就嘎吱一下，這聲音令他想吐。快到家的時候，他看見他父親從農舍另一邊的森林跑了出來，他從來沒見過父親這樣跑過，眼看著那個塊頭碩大的男人從樹林子裡飛奔而出，衝入院子，跨著重重的腳步，兩隻胳臂笨拙的舉到肩膀的高度，彷彿在水裡奔跑的樣子——太可怕了，約拿停下來栽在草地上。不管發生什麼現在都已經太遲了，他父親是第一個進入屋子的人，約拿知道他不想要看到已經發生的事實。

事實是這樣的，兩個雙胞胎一整個早上都在地下室裡玩著那些不要的舊衣服和破鞋子。不久他們嘻嘻哈哈的跑上樓，在地下室的門口絆了一跤，摔倒在走廊上，就在那裡他們看見了掛在掛釘上的兩隻野兔，而那把槍靠牆擺著。是約拿的槍，他們知道，大哥哥約拿是他們的英雄，我在他們那個年紀也有偶像，如果他們跟我當時的想法相同，那約拿就是他們的「大衛・

克羅❸」加「哈茲福特」（Hartsfoot）加「哈克❹」的綜合體了。凡是約拿做的事他們都要模仿，都會把它變成遊戲。

拉爾司捷足先登，他抓起槍一面搖晃一面喊：

「快看我！」他扣下扳機。槍托迸出來的槍聲和後座力把他震到地板上，他尖叫，發現自己並沒有瞄準任何東西，他只想握著這把神奇的槍做一次約拿。他有可能打中木盒子，或者台階上的小窗戶，或者那張用漆金相框框著掛在掛釘上方的長鬍子爺爺的照片，或者那個沒有罩子、從來不關掉好讓夜裡外出的人從窗戶看見燈光而不會迷路的燈泡。但是這些東西他一樣也沒打到，他直接打中的是奧得的心臟，在最近的距離。這事如果發生在西部小說裡，書裡一定會把奧得的名字寫在那顆子彈上，或是寫在星星裡，或是在「命運」這本大書裡寫上一筆。這電光石火發生的時刻，任誰也做不到編不出什麼理由來解釋；這是超能力造成的，只有超能力才能使槍口這樣精確的瞄準方向。然而事實不是這樣的，約拿知道，當他整個人縮在草地上，看著他父親懷抱著他的小兄弟從屋子裡出來時，他知道那一本唯一讓奧得留下名字且不被刪除的書，就是教堂裡的登記簿。

---

❸ Davy Crockett，1786-1836，美國十九世紀的傳奇人物，拓荒時期的英雄。

❹ 馬克．吐溫《頑童歷險記》的主角。

我父親不可能告訴我全部，不可能這麼詳細；但這就是它在我記憶裡烙印的方式，我不知道是否從一開始畫面就是這樣填滿的，還是經過歲月的淬鍊。無論如何，冷酷的事實皆無可爭辯，事情發生了就是發生了，我父親隔著桌子滿是問號的看著我，好像我可以對這整件事說出一番更有道理的話，因為這齣戲裡的人物我也許比他更熟悉，而我只看得見約拿慘白的臉孔，大雨落在湍急的河上，他把小船撐開，任它隨水漂流，漂向他住的地方，漂向在那裡等待著他的人。

「還好，還不算是最壞的。」我父親說。

大清早，在拉爾司射殺他的雙胞胎兄弟奧得的前一天，他們的母親搭便車到印百答，那是送貨來店裡的一輛小貨車。第二天，事情發生的當日，他們的父親要坐馬車去接她。他們的馬叫做布拉米娜，牠是一匹十五歲的棗紅色老馬，白斑臉、白蹄子、身強體壯的挪威母馬。牠很漂亮，我覺得，不過跑起來不夠輕快，約拿認為牠有些花粉過敏症，這使牠呼吸很重，而且這對馬來說實在很不尋常，叫牠跑一趟印百答來回也總要大半天的時間。

那父親抱著死了的男孩站在院子裡。他的長子攤在草地上一動也不動，彷彿他也死了。那父親知道他不能不去，他答應過的，沒得選擇；如果想要及時到達那邊，他就該馬上啟程。他轉身再走進屋子。拉爾司就站在玄關那裡，整個人硬邦邦地，不說一句話。做父親的看見了，只是現在他的腦子已裝不下其他的事，他走進臥室，把奧得平放在雙人大床上，找了條毯子蓋住那小小的身體，然後換掉身上沾了血汙的襯衫，換掉褲子，再去把布拉米娜套上馬車。從眼角他看到約拿站起來慢慢的走向馬廄，那馬就站在那裡。而當約拿要走上通道時，他父親轉身一把扣住他的肩膀——他事後想起，那動作很粗暴——不過那孩子一聲不吭。

「我不在的時候你要照顧好拉爾司。這個你起碼可以做到吧。」他朝台階那邊望，拉爾司走到了陽光下，站在強光裡眨著眼睛。這父親用手抹了把臉，閉了一會兒眼睛，然後清清喉嚨爬上車廂。他鞭一下馬匹，馬車起動了，穿過大門上了大路，經過小店緩慢的踏上前往印百答的長路。

約拿帶著拉爾司坐上小船去河邊釣魚，他再也想不出其他的事。他們在外面待了好幾個小時，兩個人說了些什麼話我無從想像，也許他們根本沒有說話；也許他們只是站在河岸上，一人拿一支釣竿，釣著魚：一拋一收，再拋再收，兩個人之間隔了好大的距離，圍繞著他們的只有森林和異常的靜默。這個我可以想像。

回到家他們提著小小的漁獲去穀倉坐著等。他們不只一次的進入屋裡。到了入夜時分，他們聽見布拉米娜踏上碎石路的馬蹄聲和轆轆的馬車聲，兩兄弟你看我我看你，他們寧可在這裡再多坐一會。約拿站起來，拉爾司跟著他，從雙胞胎很小的時候到現在，他們倆第一次手牽手，兩人走進院子看著馬車朝著他們駛過來在車道上停住，他們聽見布拉米娜喘咻咻的呼吸聲，他們的父親在對馬兒說著安慰的話，很親切、很溫柔的話，那是他們從來沒聽他對任何一個人說過的話。

他們的母親坐在車廂裡，穿著一件藍底黃花的洋裝，她的手提包擱在腿上，她向他們笑著說：

「我回來了，好棒哦，對不對？」她起身，一腳踩著輪子跳下來。

「奧得呢？」她說。

約拿抬頭看父親，他卻不看他，只是盯著穀倉牆壁的房子，嘴巴不停的嚼動，好像含著滿嘴的菸草似的。他沒有告訴她。這一路穿山越林，只有他們兩個人，他什麼也沒告訴她。

葬禮在三天後舉行。我父親問說我們該不該去，我說該。這是我參加的第一個葬禮。一九四三年我母親的一個弟弟被德國人槍殺，在瑟蘭❺南邊海岸的某個地方，當時他試圖從警察局逃跑，事情發生的時候我當然不在場，我甚至不知道到底有沒有辦過喪禮。

奧得的喪禮上我記得兩件事。一件是我父親和約拿的父親兩人眼睛一次也沒有交會過，不過我父親確實跟他握了手說：

「節哀順變。」這句話聽起來很像外國話，而那天他是唯一用這句話的人，但是他們真的

❺ Sørlandet，挪威南部的一個地理區。

沒有互看過對方一眼。

另外一件事是拉爾司。我們走出教堂站在敞開的墓穴旁邊，他愈來愈焦躁不安，牧師的儀式進行到一半，兩邊的人把手上圈著繩索的小棺材慢慢往下送時，他再也受不了了，他掙脫了他的母親在墓碑中間狂奔，幾乎就要衝出墓園，然後他沿著石牆兜著圈子跑。他跑了一圈又一圈，他的頭低著兩眼望著地，他跑得愈久牧師頌讀得愈慢，起初穿戴黑衣的群眾裡只有幾個人回頭，漸漸的愈來愈多，到最後全部都回過頭去看拉爾司，反而不管那付裝著他小兄弟的棺材了。情況就這麼繼續著，直到有個鄰居靜靜的走過草地，停在圓圈的邊緣，等拉爾司跑過來的時候一把抱起他。他兩條腿還在跑，嘴裡卻發不出一點聲音。我看約拿，他也看我，我輕輕的搖頭，他並沒有回應，只是直直的看定我的眼睛，眨也不眨的看著我。我記得我想的是，我們再也不會一起去偷馬了，這要比那天在墓園發生的任何一件事都令我感到悲哀。我記得了這個。加上這個一共記得三件事。

四

父親買的這塊地有樹林有牧草。大部分都是雲杉，也有松樹，這邊那裡的還會有一棵瘦瘦的樺樹擠在一堆暗沉的大樹幹中間，所有的樹都順著河岸生長，在卵石子堆邊緣，一棵松樹上很神祕的釘著一個木十字架，幾乎懸空的突出在奔流的河水上。這片樹林幾乎包圍了院子和小屋，包括工作棚和棚子後面的整片草地，以及一直通上我們這塊土地終點的窄路。那條窄路其實只能算是一條砂石小道，穿過整排整排盤根交錯的雲杉，跟河流平行一路往東到達木頭橋口，在橋口轉向小店和教堂的「中心點」。七月底我們坐巴士到達時走的就是這條路線；如果遇到某個白痴把我們的小船停錯邊的時候，也可以走這條路。至於往東還是往西，則要根據我們當時的情況再做決定。通常，這「某個白痴」就是我。有時，我們還會沿著圍籬走過巴卡的牧場划船過河。

近晌午時，我們的小屋因為南邊森林稠密的關係，遮蔽了好幾個小時的太陽，我不知道是不是這個原因父親才決定把那整區的樹全砍了當木材賣。他缺錢我知道，可是我不知道會有那麼的急；我們終於來到了這條河，這是第二次，我的想法是他非常需要時間和平靜的心情規劃一個不同於以往的生活，他要一個完全不同於我們過去在奧斯陸生活的地方，連景觀在內。我們現在在一個十字路口，他說。他只准我跟他同行，這可是我姊姊無法得到的好處，因為她必須跟著我母親待在原來的小鎮上，即使她足足比我大了三歲。

「我才不想去呢，到時候你們兩個去釣魚我還得洗衣服。我沒那麼笨。」她說。這話她可能說得沒錯，我想我明白父親的用意，我聽見他不只一次的說他沒想過身邊要帶女人。我沒這方面的問題。而且剛好相反。

後來我想他指的也許不是所有的女人。

現在他說的是遮蔭；那個該死的遮蔭，他說，現在可是度假日啊，真他媽的。有時母親不在場的時候，父親會罵粗話，因為母親生長在一個她宣稱是隨時隨地都在罵髒話的小鎮，所以現在她一句都不想再聽見了。我心裡想，在最熱的時候避開一些陽光沒什麼不好，森林在烈日照射下會暫停呼吸，產生的香氣令人昏昏欲睡，在日正當中的時候甚至會讓我睡著。

不管是什麼理由，他都已經做了決定：把大部分的樹砍了，把樹幹拖到河裡順流漂到瑞典的一間鋸木場去。我很懷疑，因為巴卡只有在下游一公里的地方有一把鋸子，那只是一把莊稼用的鋸子，嫌太小了些，沒辦法對付我們這麼大的出貨量。至於瑞典，也不會願意在那個地點購買木材，通常他們只願意付錢給送達堆木場的木料，而且他們也不負擔漂浮的風險。七月不行，他們說。

「或許我們一次砍一點點，」我建議說，「今年砍一點明年再砍一點？」

「我的木頭該不該砍由我來作主。」他說。其實我不是這個意思，這跟是不是他作主沒有關係，不過我就此打住。這個對我來說不重要。我關心的是他會不會讓我參與運木頭的事，還有另外有哪些人，因為這是很重的活，如果你不知道自己在做什麼那是很危險的，就我所知，父親以前從沒做過伐木的工作。依我今天所見，他很可能沒做過，但是他無論做什麼事都十足的有信心，都相信自己一定會成功。

然而首先的一件大事，就是割乾草的時候到了，雷雨之後再下雨的機會不會太多，過兩、三天草就乾透了。一天早晨巴卡來找我們，他的頭髮新理過，兩手插在口袋裡，他問我們願不願意考慮拿乾草叉勞動幾天。他很清楚去年要不是我和我父親出力，那乾草早就枯朽光了，尤其是靠我，我明白他是在拍馬屁，我都長到這麼大了，當然聽得出他真正想要的是免費幫忙做白工。不過他當然也沒說錯，我們確實工作得很賣力。

父親搓搓他的鬍子下巴，對著太陽瞇了會兒眼睛，再朝我瞄一眼，我們站在台階上。

「你覺得呢，傳德T.？」他問。那個T.，是我的中名「托比阿司」的簡稱，我從來不去用它，只有在父親想假裝正經的時候才會出現，這對我是一個暗號，表示現在可以稍微「胡鬧」一下的意思。

「呃……是啊，」我說，「好像有點困難。」

「我們確實自己也忙不過來。」他說。

「對啊，」我說，「我們的確有些事情要處理，不過也許可以擠個一、兩天出來，要想辦法才行。」

「要想辦法，不過不太容易。」父親說。

「對啊，很難啊，」我說，「人家說得好，有交換條件就好辦事。」

「你說對了，」父親好奇的看著我，「交換條件確實是一件不錯的事。」

「一匹馬，要帶全套馬具的，」我說，「下星期或者下下星期借用幾天。」

「沒錯，」父親滿面笑容，「就是這句話。你怎麼說，巴卡？」

巴卡一臉困惑的站在院子裡聽著我們一搭一唱的對話，他果然走進了圈套。他兩手搔著頭髮說：

「是啊，哎，可以啊。你們隨時都可以借用布朗納。」他說，我看得出他很想問我們借馬的目的，只是他覺得自己已經模糊了焦點，他實在不想出糗。

巴卡說明天露水一乾就動手刈草，由我們負責北邊的草區，他舉起手道別，顯然很高興能夠脫身了。看他循原路走向河邊登上小船，父親兩手扠腰看著我說：

「真有你的，你怎麼會想到這個？」他完全不知道我是多麼仔細的在心中盤算著這個伐運木頭的計畫，我始終沒聽過他提過關於馬的事，只覺得自己非插手不可，我知道我們不可能赤手空拳的把大樹幹拖到河邊。不過我沒回答，只是笑著聳聳肩膀。父親拽著我一束頭髮，溫和的搖著我的頭。

「你一點都不傻喔。」他說。他說對了，我一直都這麼認為：我一點都不傻。

奧得的喪禮已經過了四天，我沒再看見過約拿。感覺很怪。早上醒來我專心想聽見他走在院子裡和台階上的腳步聲，我想聽見槳架上吱吱嘎嘎的搖槳聲，他的小船靠岸時輕微撞擊石頭的聲音。可是每天早上一切都很安靜，除了鳥啼和林梢的風聲，還有牛鈴的聲音，夏天聚居在我們南北兩邊的牛群都被趕到了我們小屋後面的山上，整個白天都在綠油油的山麓吃草，直到五點鐘乳場那些女工到牧場的路上吆喝牠們回家。我靠窗躺在床鋪上，聽著牛鈴聲隨著牛群的移動不斷在叮噹，我現在哪裡也不想去，不管發生什麼，只想跟父親窩在小屋裡。而每次穿好衣服當我發現約拿都不在門口時，我竟有一種輕鬆的感覺，過後我又覺得很羞愧，喉頭酸酸的，這酸楚的感覺要好幾個小時才消失。

我在河邊看不到他，沒看見他帶著魚竿走河岸，也沒看見他搖著小船上上下下，我父親不再問起我們有沒有一起出去，我也不問我父親有沒有看見過他。事情就是這樣了。我們吃過了早餐，穿上工作服，走向老舊的小船，那是當初買小屋的時候包含在內的，我們搖著小船過河。

太陽很大。我坐在船尾的橫板上，閉著眼睛擋陽光也擋住父親那張熟悉不過的臉，他一槳一槳輕快的划著，我心裡想著那麼早就失去性命會是什麼樣的感覺。失去性命，就好像你手中握著一個蛋，手一放，蛋掉到地上碎了，從此它就什麼都不是了。如果你死了，你就是死了，不管是不是才那麼一剎那時間你已意識到這是結束，知道這是怎樣的感覺，你就是死了。我感覺到有一個狹窄的開口，像一扇虛掩的門，我把它推開，因為我想進去裡面，而在細窄的裂縫中，有一道來自太陽的金光照在我的眼皮上，忽然間我溜了進去，以迅雷不及掩耳的速度溜進去，但我一點也不害怕，只是有些悲傷，有些驚訝，一切怎麼如此安靜。當我睜開眼，那感覺依然存在，我掠過水面朝遠處的河岸看，它好端端的在那裡。我看父親的臉，彷彿是從一個很遠很遠的地方，我眨了好幾次眼睛，深呼吸，或許我還抖了一下，他關心的笑著說：

「還好吧，老大？」

「我沒事。」我頓了一下說。我們來到岸邊，把小船拴好，沿著圍籬走向草地，我在自己體內的某處感覺到了它：一個小小的殘痕，一個亮黃色的斑點，或許它從此再也不會離開我了。

我們到達北邊的草地時已經有不少人在那兒。巴卡站在刈草機旁邊，手裡握著韁繩，準備坐上去。我認得刈草機前的那匹馬，那天我們一起騎乘之後到現在我的腿胯還在隱隱作痛。這裡有村子裡來的兩個男人和一個我沒見過的女人，她不像是農夫太太，可能是這裡誰的親戚，巴卡太太在跟約拿的母親說話，兩個人都把頭髮往上挽成鬆鬆的髮髻，也都穿著褪色的印花棉布衫，衣服很貼身，光溜的腿上穿著齊腿肚的靴子，手裡也都拿著幾乎有她們身高那麼長的草耙。她們的聲音在早晨的空氣裡漾開來，約拿的母親在這裡跟在她那狹小的家裡時很不同，這樣明顯的差異我一眼就看出來了，父親顯然也注意到這一件事。我們幾乎很不甘願的同時回頭彼此交換了眼光，又互相認同對方的眼裡所見。我的臉發燙，覺得很緊張又很侷促不安，我不知道這是因為我內心裡驚人的想法，還是因為我看出父親有著跟我一樣的想法。看見我臉紅他呵呵的笑，那笑容很溫和，不帶一絲戲謔的意味，這是我的感覺。他只是笑。近乎熱情的笑著。

我們穿過草地走向刈草機，向巴卡和他太太打招呼，約拿的母親跟我們握手，謝謝我們參加奧得的喪禮。她神情肅穆，眼睛周圍有些浮腫，但並沒有要崩潰的樣子。她的皮膚曬成好看的褐色，衣裳是藍色的，眼睛也是藍的，很明亮的藍，她只比我母親小幾歲而已。她是這麼的亮眼，我彷彿第一次在大白天裡看見她似的，我不知道是不是因為出了那件事，是不是那樣的事會使一個人發光發亮，大受矚目。我必須盯著地上或是看著草地迴避她的眼光。我走向堆工具的地方，挑了一柄乾草叉作支撐，然後沒有目標的看著前方等候巴卡開工。父親站在那兒閒聊一會之後，也走過來了，他從草地上兩捲鐵絲中間拿起一柄乾草叉，往地上一插，跟我一樣的等著，我們彼此迴避不看對方，巴卡坐在刈草機的座位上，催促著那匹馬兒，放低了割刀開始動工。

這片草地分成四個區塊，一個區塊堆一個草架，巴卡筆直的從第一區塊的中間開始割。離草場邊緣幾公尺的地方我們算好角度用大鐵錘敲下一支堅固的木樁，把一捲鐵絲的一頭繞在木樁上拴緊，我的任務就是握著那兩個磨得發亮的把手提起鐵絲捲軸，把鐵絲鋪展開，用力拉緊再走回巴卡割完草的那個區塊。捲軸很重，提了幾公尺之後我的手腕就痛了，我的肩膀更痛，因為我提著這個沉重的捲軸還同時要做三件事，我沒做暖身的動作，肌肉還不夠活絡。隨著鐵絲緩緩的舒展開，一切逐漸變得順手了，我也已經累垮了；然而，一種不服輸的心理忽然出現，我很生氣，我不要這裡任何人看出我是這樣一個沒用的城市男孩，尤其是約拿的母親用她那雙勾人的藍眼睛看著我的時候。痛不痛可以由我自己作主，要不要表現出來也可以由我自己作主，我決定把痛藏在身體裡，不讓它顯露在臉上，我下定決心胳臂一抬繼續鋪展捲軸上的鐵絲，一直拉到草場的盡頭為止，我把捲軸放在新割好的草皮上，鐵絲拉得整齊結實，讓自己儘量表現沉著，從容的直起身子，從容的兩手插進口袋，從容的讓肩膀垂下來。但是這實際的感覺，卻像是一堆刀子在剮我的脖子。我很慢很慢的走向其他人，經過父親身邊時，他不經意的抬手揉了揉我的背，輕輕的說：

「你做得很好。」這一句就已足夠。痛楚頓時消失，我迫不及待的準備幹下一個活了。

巴卡已經割完第一區，第二區也進行了一小塊，現在他站在馬兒旁邊等著我們做完剩下的部分。他是老闆，按照父親的說法，他是屬於那種坐著幹活站著歇息的人，這是說如果不讓他站太久的話，否則他也還是得要再坐下來才行。他是不是有需要休息的原因，這我就不太清楚了。駕馭馬匹不見得會太吃力，那匹馬做這個差事那麼多次了，就算閉著眼睛都會做，所以現在牠覺得很無聊，很想動一動，可是不行，因為巴卡是按部就班照計畫來的，他不打算把整片地一次割完。一個區割完了再割下一個區，陽光在萬里無雲的天空照耀著，愈照愈亮。時間不斷向前推進，我們感到襯衫背部都被汗水溼透了，每次只要用力撐起一大捆重擔就滿頭大汗。太陽在南方，山谷裡沒有一點遮蔭，河水閃閃爍爍，迂迴曲折的流著，我們聽得見它急湍湍的流過小店旁的大橋下。我抱起一把竿子帶過來，沿著鋼絲把它們一格一格的分配好，再兩手空空的回去拿下一批。父親和村子裡的一個男人做好丈量，沿著量好的線用鐵鍬每隔兩公尺鑿一個窟窿，鋼絲兩邊交相對應，一共有三十二個。我父親脫得只剩下一件白色的汗衫，那白色襯著他深色的頭髮、褐色的皮膚和油光發亮的手臂，粗大的鐵鍬高高舉起再重重的落下，在潮溼的泥土上像部機器一樣發出咚咚的聲音，我的父親看得出來很快樂，約拿的母親則把木棒照著鋼絲拖拉的位置植入窟窿裡，於是一根新的木樁讓網架豎了起來，而我忍不住的一直看著他們。

她停下來過一次，放下了木棒，背對我們往前走幾步低頭看著河水，她的肩膀在抖動。我父親直起背脊等著，戴著手套的手還環著鐵鍬，一會兒她轉過身子，發亮的臉上有著淚痕，我父親微笑著向她點點頭，他的頭髮垂搭在額頭上。不久，父親再次舉起鐵鍬，她微微回了一絲笑意，走回來拾起木棒，一個扭轉的動作便把木棒卡入了窟窿裡面。他們兩個繼續幹活，節奏跟之前完全相同。

約拿和他父親都沒來，我以為他們一定會來，因為前一年他們都在。也許他們有別的事要做，是他們自己的事；或者他們沒有勇氣過來。「她」能夠來真的很奇怪，我對著她看了一會，就不再多想了。也許我父親會邀他們三個人過來幫忙伐木頭。這種事也不是不可能，因為約拿的父親真的很有經驗，但是從另外一方面來看，到時候如果他們像現在這個樣子，卻又不能彼此對望，那該如何是好呢？

所有的木棒都一排排的下好樁之後，就得把樁與樁之間的鋼絲拉到腿胯的高度，用一個鉤環左右交替的扯住，那中間的鋼絲才能拉得又直又平。這份差事由村子裡的兩個男人負責：一個很高，一個比較矮，這個組合很完美，因為兩個人以前都做過，很有經驗，他們俐落的把鋼絲像吉他上的弦一樣一路綳到最後一根木棒，緊實的紮牢在另一頭巴卡敲下去的木樁上。我們其餘的人拿起草耙算好距離以扇形的方式由中間往外走，從四面八方的把割下來的草耙向網架，耙柄要那麼長的道理就在這裡了。長把柄方便我們擴大耙草的範圍，更難得有漏失草稈的機會，只是粗糙的草耙在我們手掌心前前後後磨了上千次很不好受，大家必須戴上手套保護皮膚，不讓它磨破，否則只要一個小時就會灼傷起水泡了。不久後，我們把第一個網架堆滿，有些人用乾草叉堆得平整精確，有些人用手，就像我和我父親，因為我們過去都沒有類似的經驗。不過我們做得也算不錯了，我們的手臂內側漸漸的變成綠色，這一個鋼絲架滿了，我們就堆另外一個，等到那一個也堆滿了，就再下一個，直到連著五個架子堆得一個高過一個，最頂上淺淺的一層草梗像茅草屋頂似的兩邊往下垂，這樣一來下雨的時候雨水就會直接流掉，這個草架便可以維持好幾個月，乾草因為有了上面的保護層更是完好如新。巴卡說草堆好得就像在穀倉裡曬乾的一樣，在每件事都做得正確無誤的情形之下，到目前為止我覺得什麼都沒出錯。網架站在那裡彷彿本來就長在那裡，從來就是這樣的風景，太陽光照得它後面拖著一道長長的陰影，和起伏的原野如此的契合，到最後竟然變成了一個格局，一個原始的面貌，雖然在當時我不知如何解釋，只是看著它就能給我無限大的快樂。到今天每當我在哪本書裡看見一張乾草架的照片時，我還能感受到同樣的心情。其實這一切早已是過去式了，在這個國家裡早已經沒有人用這種方式來堆乾草了；今天只要一個人一台拖拉機，配合上乾燥的土地，加上自動翻攪機、包裝機，以及發出臭青飼料味的巨型塑膠白管就行了。突然，我那快樂的心情陷入了時間匆匆的感覺裡，那是很久很久以前的事了，我忽然有了老的感覺。

五

起先幾次看見他我都認不出來，所以經過拉爾司面前時我只是點個頭，我的心思並不在那些過往上面，何苦呢？他在木屋外面屋簷底下堆放柴火，我在走我的路，心裡想的是別的事，甚至在他說出他的名字當時我也沒什麼特別的印象。然而昨夜上床之後我開始疑惑，這人的某些個特點，和我就著手電筒的光看到的那張臉——忽然間我確定了。拉爾司就是拉爾司，縱使當年最後見他時他才十歲，如今他已經過了六十，如果這是小說裡的情節，那一定可以大大的灑狗血渲染一番了。我的確看了不少書，尤其在過去這幾年當中，當然之前也有在看，我思索讀過的那些書，這樣的巧合在小說中似乎太牽強，尤其在現代小說情節裡，我覺得很難接受。只有在狄更斯的作品很常見，可是讀狄更斯，就如同在讀一個消失的世界中的長歌謠，所有的一切就像一個方程式到最後都要團聚在一起，曾經出現的種種不平衡最後都要修整復原，才好讓眾神再度展開笑顏。是一種慰藉吧，或者是一種抗議，對於一個脫軌的世界，但是現在不再是那個樣子，我的世界不是那個樣子，我從來不跟著那些宿命的人同行；他們老是自怨自艾，搓著一雙手祈求憐憫。我相信人生是由我們自己塑造成形的，至少我是如此，不管值不值得，我負完全的責任。走過這麼多的地方，最終非要在這裡落腳。

這件事並沒有改變什麼，並沒有改變我對這裡的規劃，沒有改變我對這裡的感覺，一切依然如故，我確定他沒有認出**我**，我喜歡繼續維持這樣。只是當然，它確實帶來了一些不同。

我對這裡的規劃其實很簡單。這裡是我最後的家，至於到底能住多久我不去多想，住一天是一天。眼前當務之急是如何度過這個冬天，如果雪下得太大。到拉爾司的木屋路程有兩百公尺，上主要的幹道要再走五十公尺，以我的背絕不可能靠一把鏟子清出這麼長的一條路，就算我的背還像從前一樣的結實也做不到。這是件大事。

清除積雪很重要，大寒的時候車子需要很好的蓄電池。這裡距離最近的超商有六公里的路程。爐子裡的柴火也很重要；這屋子有兩個電暖器，可是很舊了，可能吃掉的電比他們配過來的電要多得多。我大可以買幾個現代化灌汽油外帶轉輪的暖爐，可以直接插上電源，隨意的四處推動，可是我的觀念裡這樣的熱不是出於我自己製造，我要自己來。很幸運的，我來這裡的時候柴房裡有很大一堆老樺木，不過還嫌不夠，木材太乾很快就會燒完，幾天前我用買來的鏈鋸鋸下一棵枯死的雲杉，現在要做的工程就是把雲杉切割好劈成合用的木材，趕早把它們堆到那一堆老樺木上頭去。那一堆樺木堆我已經在開挖了。

鏈鋸是強生牌。倒不是我認為強生這牌子最好，而是這附近只用強生牌，村子裡我買東西的那個機械行老闆說，就算我有鏈條斷了要修理，他們也絕對不碰別的廠牌。這把鋸子不新，最近大修過，換了一條嶄新的鏈條，那個老闆果然相當堅持。所以強生牌在此獨霸天下。還有富豪汽車。我從來沒在同一個地方看過那麼多的富豪汽車；從最新的豪華型到老舊的愛美森，後者的數量甚至超越前者，我在一九九九年還看過PV渦輪型的，在郵局前面。這一切應該為這個地方做出了某些說明，只是我不確定到底是什麼，除了我們離瑞典很近，零件都很便宜之外。也許就是這麼簡單吧。

我開車出發了。我駛過道路越過河流，經過拉爾司的木屋穿過森林開上幹道，我看見那湖在林中閃耀，先是在右邊，開著開著忽然就拋到了我後面，然後橫切過一大塊黃色的平原，兩邊都是收割過的田地。路上不斷有大量的牛群掠過，牠們在陽光下默不出聲。而平原的另一端有間鋸木廠坐落在一條河流旁邊，這河比從我家看見的那條來得寬，不過都是流入同一個湖泊。早先是用來漂筏子運木材的，這就是鋸木廠設在這裡的原因，很早以前是這樣的，現在鋸木廠設在哪裡都可以，因為木材全都改由公路運輸了，畢竟在狹窄的鄉間小路上迎面遇上一輛滿載的大拖車可不是開玩笑的。他們開起車來像不要命的希臘人，老是用喇叭代替煞車。就在幾個星期前，一輛龐然大物轟隆隆的超越我，硬是擠進我的車道，我不得已把車開進水溝裡，方向盤一扭車子翻覆，當時我也許閉了一秒鐘眼睛，我大概以為自己的時辰到了，結果只有我右邊的方向燈撞到樹幹破了。我坐在那裡很久，額頭抵著方向盤，我看見一隻輪廓分明的山貓，就在車子前面十五公尺的地方。之前我從沒看過山貓，但我一眼就知道牠是。暮色穩穩的環繞著我們，山貓既不轉左也不朝右，牠只是慢慢的走，輕輕的慢慢的，牠在貯存體力，而不是浪費力氣。我已想不起當時哪來的活力，最後把車重新開上了路；我只記得我全身繃緊抖到不行。

第二天在小店裡我把山貓的事說給他們聽。牠很可能是一隻狗，他們說。沒有一個人相信我的話。那天我碰見的人裡面沒有一個看過山貓，所以怎麼會是我，我到這裡不過一個月，怎麼會有這麼好的運氣？如果我是他們其中之一，鐵定也是同樣的想法，不過看到就是看到，那隻大貓的映射已經深印在我的心裡，隨時隨地都可以把它叫出來，我希望有一天或者有哪個晚上我會再見到牠，那就太美妙了。

我停在史塔特加油站前面。那個破碎的方向燈。我仍舊沒有換新玻璃，也沒換燈泡，原來想乾脆不必了，可是黃昏暮色裡沒了指示燈確實嫌太暗了些。我走進修車行找技師，他就著拉門的窗子往外看了一眼說馬上換燈泡，他要從廢車場那邊調新的玻璃過來。

「為一輛老爺車花錢買新東西沒道理。」他說。這是實話，無庸置疑。這是一輛車齡十歲的日產休旅車，換新車很容易，我負擔得起，可是加上房子再買車那就大失血了，因此我選擇不換。其實我本來有意買一輛四輪傳動，這種車在這裡很管用，後來我認為買四輪傳動車有點像在作弊，又有點像是暴發戶，最後的結局就是現在這輛車，它像我開過的其他車種一樣是後輪傳動。我已經麻煩過這位技師各式各樣的問題了，不堪使用的電瓶是其中之一，他每次都說同樣的話，也都向同一個廢料商訂貨。代價是損失一小部分新的零件，同時我也覺得他收費低廉。他工作的時候總是吹著口哨，收音機總是轉到新聞台，他的低價位更顯然是刻意的策略。他的友善負責迷倒了我，我原本以為他對我多少會有些抵制，特別是我開的不是富豪。但說不定，他也只是個外行吧。

我把車留在加油站，晃過教堂穿過幾個十字路口往小商店走去。挺特別的。我發現這裡人人都坐車開車，不管去哪裡或是路有多遠。超商就在一百公尺外，我是唯一在停車場外「走動」的人，有種一無遮掩的感覺，所以進到這間小商店讓我很高興。

我向左向右的打著招呼，他們現在已經習慣了我，知道我是來長住，不是那種一窩蜂駕著大得嚇人的車每年來過復活節，夏天裡白天釣魚日落之後玩撲克灌美酒的度假客。他們過了好一陣子才開始對我問問題，很謹慎地問，到排隊結帳的時候大家全都知道我是誰，住哪裡了。他們清楚我的職業是什麼，我的年紀有多大，還知道我太太在三年前一次車禍中去世，而我總算保住了性命，也清楚她不是我的元配，我兩個成年的孩子是來自第一次的婚姻，這兩個孩子現在也有了他們自己的孩子。這些全是我告訴他們的，包括我太太死後我不想再工作，我自行退休著手尋訪一個全新的居住地方，當我找到了現在住的屋子時我真的快樂極了。他們很喜歡聽這些，雖然大家都說我大可以先問問附近的人，他們一定會告訴我那棟房子的狀況，許多人想要那個地方主要是為了它的好環境，沒有人願意接收是因為它的整修工程，要一番整頓才合適人住進去。我說還好我不知道，否則我就不會買下它了，而且我也沒有發現這些，其實它還是滿適合住人的，只要你別一次要求太高，一次一步的慢慢來。這對我正中下懷，我說，我有的是時間，反正我哪裡也不去。

當你把一些事情說給人聽，一般人都會喜歡，而且會用節制適當的態度、溫和親切的語氣面對你，他們會認為很知道你了——但其實不是，他們知道的是「關於」你的事，他們只認識到事情，不是情感，不是你對事情的看法，不是你怎麼經過，不是你怎麼改變，要做多少決定才變成你現在的模樣。他們所做的是把他們自己的感情、看法和假設填進去，組合成一個跟你幾乎沒有一點關係的全新人生，幫你解套。沒有人可以碰觸你，除非你自己給他們機會；你只要保持禮貌和微笑，不要讓那些偏激的想法近你的身，因為不管你再怎麼不舒服他們還是會談論你，這是無可避免，換成是你同樣也會這麼做。

我要採買的不多，只是一條麵包和一些塗抹在上面的東西，很快就買完了。令我驚訝的是我的購物袋裡竟然如此的空盪，孤獨一人的需求竟然是那麼的少。我突如其來一陣無意義的傷感，摸索著結帳的錢，感到收銀台的小姐一雙眼睛定在我的額頭上，她看到的是這個「死了老婆的鰥夫」，他們其實什麼都不知道，但是那又怎樣。

「這是找給你的錢。」她把零錢找給我輕輕的說，聲音軟得像絲綢，我說：

「多謝。」我幾乎就要落淚，天哪，於是我趕緊拿起裝了食物的袋子往外走，走向對面的加油站。我真是運氣好。他們其實什麼都不知道。

§

技師換過了方向燈的燈泡。我把購物袋放在客人座椅上，從兩個加油唧筒中間走進修車店。他的太太笑咪咪的在櫃台後面。

「嗨。」她說。

「嗨，」我說，「那個燈泡。多少錢？」

「沒多少。不急啦。喝杯咖啡吧。歐樂夫在裡面偷閒五分鐘。」她伸出大拇指往店後面敞著門的房間一比。很難拒絕了。我走到開著的門口，有些不確定的往裡探。歐樂夫，這位技師坐在椅子上，前面電腦螢幕上是一長落閃亮的數字。就我所見，沒有一個是紅色。他一手拿著一杯冒熱氣的咖啡，另一隻手握著一根巧克力棒，他鐵定比我小上二十歲，不過我不會再大驚小怪了，我已經認清事實，很多成熟的男人年紀都在我之下。

「坐下來輕鬆一下吧。」他說著把咖啡倒進一只塑膠杯裡，擱在一張椅子前面的茶几上，朝我揮個手，再重重的往他的椅子一靠。他如果起得跟我一樣早——我想應該是——那他已經工作了好長一段時間，一定累了。我在那張椅子坐了下來。

「上面情況如何？」他說，「都安頓好了嗎？」我那個地方被稱作「上面」，因為它能俯瞰那湖。

「我上去過兩次，」他說，「到處轉了轉，不知道有沒有可以上手的生意。那裡修車空間有的是，再想一想覺得最需要整修的是房子。我喜歡修車，不喜歡修房子，不過你大概恰巧相反吧？」我們兩個同時看著我的手，這雙手怎麼看都不像師傅的手。

「不見得，」我說，「我也不算內行，不過只要時間夠我會把屋子整頓好的。只是三不五時的可能會需要一點幫手。」

我從來不讓任何人知道，每當我要做一些非常態性的家務雜事時我就閉上眼睛，想像我父親當初會怎麼做或是我在旁邊觀摩他怎麼做，然後我**有樣學樣**直到抓住正確的節奏感，再難的工作自然順手起來。記憶當中我一直是這麼做的，彷彿任務的成敗祕訣就存在身體的律動裡，一種平衡感，就像跳遠踏板，你要先做好計算，你要多還是要少；每一種職業都有一個機制，都有先來後到的次序，每一種工作都有它的脈絡，事實上在你著手之際它的成敗就已經存在了，身體所要做的動作就是去把那一層面紗掀開，讓等著看的人可以好好的瀏覽。這個瀏覽的人就是**我**，而我觀摩的這個人，我觀摩他所有的動作和技巧的這個人，不過是個四十歲的男人，就像我最後一次見到我父親那年他的歲數，而那時候我十五歲，他就這麼從我生命中永遠的消失。對我而言他永遠不會再老了。

這一切很難向這個友善親切的技師解釋清楚，所以我只說：

「我有一個很有見地的父親。我跟他學到很多。」

「父親都很偉大，」他說，「我父親是老師。在奧斯陸。他教我怎麼讀書，如此而已。他不算很有見地，稱不上。不過他是個好人。我們無話不談。兩個星期前他剛過世。」

「我不知道這事，」我說，「很遺憾。」

「你怎麼可能知道？他病了很久，這樣對他可能是最好的解脫。我很想念他。真的。」

他只是坐著，我看得出他很思念他的父親，單純直接的思念；我真希望就這麼容易，你要思念你的父親就思念你的父親，不管其他。

我站起來。「我得走了，」我說，「我那棟屋子還在等著，我必須加快速度。冬天已經在路上了。」

「這倒是真的，」他笑著說，「有什麼疑難雜症，只管交代一聲。我們都在。」

「確實有件事。通往屋子的那條路相當的長，你是知道的，下起雪來單靠我用手清理路面是很難的。我沒有拖拉機。」

「沒問題。你可以打電話給這個人。」技師歐樂夫在黃色便利貼上寫了一個名字和電話號碼，「他是離你最近的一個有拖拉機的鄰居。他的路都是自己清理，同樣可以幫你的忙，很方便。他是農夫，早上沒地方可去，只有在那條路上來回的跑。我想他不會介意多費這點功夫，不過可能要付他些錢。一次五十克朗❻吧，我猜想。」

「很合理。這個錢我當然樂意付。謝謝，謝謝你幫忙，還有你的咖啡。」我說。

❻ krone，所有北歐國家共同使用的貨幣單位。一元挪威克朗，約台幣五至六元。

我回到店裡付掉指示燈泡的錢，技師太太笑著說：「慢走。」我走出來上了車開回家。塞在皮夾裡的那張黃色便條紙，讓即將來臨的日子變得不再那麼的複雜。我覺得輕鬆舒服，我想，事情就這麼簡單嗎？不管怎麼說，現在冬天儘管來吧。

回到「上面」，我把車面對著庭院裡的樹停好。這棵近乎中空的老樺樹如果不儘快想想辦法就快要倒了，我拎著購物袋走進廚房，裝一壺咖啡插上咖啡機的插頭。再轉到柴房拿出鏈鋸，外帶買鋸子附送的小圓銼刀和一對護耳。我又去車庫提了汽油和機油，把所有的東西都放在門前的石板上，正午的陽光下石板也有些暖烘烘的了。我再進屋裡找出保溫瓶，站在工作台旁邊等候咖啡機完成它的工作，然後把熱騰騰的咖啡灌入保溫瓶，穿上保暖的工作服走出去坐在石板上，用銼刀輕緩且有條不紊的磨著鋸子，磨到每一個鋸齒邊又利又亮。我不知道這招是從哪裡學來的。大概是看電影吧；一部關於大森林的紀錄片或者是以林業區作為背景的劇情片。只要記憶力夠好，你就可以從電影裡學到許多東西，觀察人家怎麼做多半錯不了，可惜現代的電影裡實際的動作少了，只有一些概念。很淺薄的一些概念，是他們所謂的幽默，現在樣樣事情都必須好笑。我討厭被消遣，我沒那個時間。

總而言之，我不是從父親那兒學會磨鋸子的，我沒看他做過，無論我再怎麼回憶也想不出來。單人操作的鋸子在一九四八年還沒到達挪威的森林，當時只有一些很重的，需要五個人抬或是用馬拉的機器，沒有誰買得起。所以很多很多年前的那個夏天父親打算在我們那塊地上砍樹，使用的就是當時那些地區常用的招數：好幾個人拿著一把橫鋸、一把斧頭，加上清新的空氣，還有一匹訓練有素的馬、一台拖鏈車。一堆堆的木頭躺在岸邊等著曬乾，每根木頭都刻上物主的記號，等到所有該砍的都砍完了，把樹皮儘量剝乾淨後，木堆的兩端各站一個人，用長矛把這些木頭推滾下水，這時候一聲告別的呼嘯聲響徹河面，喊的是一些老得沒人懂得意思的字句。水花濺起，木頭緩緩的進入流水裡，速度慢慢加快，最後只能祝它一路順風！

我從石板上站起來，手裡拿著剛磨好的鋸子，上好位置，鬆開兩個螺絲帽，灌入汽油，加滿機油，再把螺絲重新鎖緊。我向萊拉吹聲口哨，她立刻放下她認真在屋子後面刨挖的工作飛奔過來，我夾著保溫瓶走向森林邊緣，那棵枯死的雲杉躺在石南叢裡，又長又重而且發白，整株樹幹沒有一丁點樹皮。兩次快速用力的拉扯之後鋸子發動了，調整好火星塞，讓鏈子帶動跑，一聲巨吼響徹森林，我戴上護耳罩，鋸子的利刃陷入了木頭。木屑濺到我的褲子上，我全身都在震動。

六

空氣裡有著鋸木材的香氣。從路邊蔓延到河裡，送入空氣飄過水面，無處不是無處不在，它使我頭昏目眩。我就在最濃烈的中心點。我全身是樹脂的味道，我的衣服，我的頭髮，晚上躺在床上連我的皮膚都是樹脂味。我帶著它入睡，帶著它醒來，它全天候的跟著我。**我就是森林**。我帶著斧頭踏入深及膝蓋的杉木小樹枝裡，照著父親教我的方式把枝椏砍斷：貼近樹幹才不會有突出的枝節；刨木頭的工具才不會被卡到；在河流裡木頭糾結堵塞的時候，跑上去解圍的人才不至於傷到腳。我掄起斧頭以一種催眠的節拍左一下右一下的砍著。這是很吃力的工作，感覺上好像每樣東西都從每一邊反擊上來，沒有一樣肯自動退讓，不過這對我沒造成什麼困擾，我已經累到沒有力氣注意這些，只是繼續幹活。反倒是別人過來制止我，他們拽住我的肩膀一定要我坐下來休息一會，我褲子屁股上都是樹脂，腿上扎著刺，「ㄘ」的一聲我從殘餘的樹幹上站起來，再次撿起斧頭。太陽曬得很兇。我父親正在哈哈大笑，而我，像一個喝醉酒的漢子。

那天有約拿的父親，約拿的母親大部分時間也在，她帶著一籃子的食物從小船上一路走來，淺金色的頭髮襯著樹林的深綠。還有一個叫法蘭慈的男人，是唸「磁」不是「茲」。他兩條手臂孔武有力，左臂下方刺了一顆星，他住在大橋旁邊的一棟小房子裡，三百六十五天每天都看著奔流的河水，對於水上發生的一切他真是無所不知。那天還有我和我父親，以及老馬布朗納。約拿沒來，他們說他在喪禮過後沒幾天就乘巴士去了印百答，他們沒說他去印百答做什麼，我不問。我擔心的是我還會不會再見到他。

我們早晨七點剛過就開工，馬不停蹄的忙到黃昏，一倒上床大家都睡得像個死人，一覺到天亮，然後又開始忙碌的一天。一度你會覺得好像跟這些樹沒完沒了似的，當你在小路上走的時候，想著四周環繞著你的是一座美好的樹林，可是當樹林裡的每棵雲杉都得用橫鋸砍倒的時候，你就會開始計算，這一算很容易洩氣，你幾乎敢肯定永遠砍不完。只是一旦開了工，你的節奏出來了，開始和結束就變得毫無意義，地點不重要，時間不重要，唯一重要的是你不斷的繼續，繼續到所有的一切都融入了單一的一個節拍，自動自發的在那裡跳動運轉，在適當的時間稍作休息，然後再開動，你吃得夠但是不會吃太多，你喝得夠但是不會喝太多，時間到了就要睡覺；夜晚八小時，白天至少一小時。

我白天確實有睡，我父親有睡，約拿的父親和法蘭慈有睡，唯獨約拿的母親沒有睡。午休的時候，我們躺在石南叢裡，各在各的樹底下閉起眼睛睡覺，她則划起小船回家照顧拉爾司。我們醒來的時候她多半已經回來，或是會聽見河裡搖槳的聲音，我們就知道她快到了。她經常會順便帶一些我們需要的東西回來，像是吩咐她帶來的工具或是一籃子新鮮的食物，一些她自己烘焙的東西，我們大家都很喜歡，我不明白她是怎麼做到的，她的毅力不輸給任何男人。每次她朝著我們走來，我都看見父親半瞇著眼躺在那兒瞄著她，我也是，我控制不了自己。因為我們這樣，約拿的父親也這樣，他那種樣子跟我以前看過的他很不一樣，也許這不值得什麼大驚小怪。可是我不認為我們看的是同一件事情，因為他看到的事使他尷尬而且明顯寫著驚訝。而我看到的事使我想去砍樹，砍下最高的雲杉，看著它倒下，爆出重重的聲響迴盪整個山谷，破天荒的由我親自替它修整，由我親自把它剁乾淨，即使再難再苦都不願停；我要靠我的一雙手和我自己的背把它拖向河岸，不要馬匹也不要大人幫忙，就憑著我自己忽然生出的神力把它頂入河川，讓那濺起的水花噴得跟奧斯陸的房子一樣高。

父親在想什麼我不清楚，不過他也會特別的賣力，只要約拿的母親在那裡——她當然常常都在——所以隨著時間一天天的過去，我們兩個都累壞了。只是他會耍寶說笑，後來我也學他。我們一直很亢奮，不知道究竟為了什麼，至少我不知道。法蘭慈也非常亢奮，他肌肉結實笑聲宏亮，一面掄著大斧頭一面不停的講笑話，甚至有一次他不小心碰上一棵倒下來的樹，一根枝幹把他的帽子都掀掉了，他竟轉身露出好大一個笑容，像舞者似的展開雙手大叫：

「我的鮮血與命運合而為一，我展開雙臂迎接一切！」我到現在還可以想像他站在那裡的樣子，暈頭轉向的用兩隻手硬撐著往下倒的樹，閃亮的鮮血從他臂膀上那顆紅星流出來。我父親搔著下巴搖著頭，卻沒辦法不笑。

§

「你爸爸是在冒險。」法蘭慈在中間休息的時候說。我坐在河邊的石頭上揉著痠痛的肩膀望著水流，他就在我身旁，說著：「你爸爸是在冒險，在夏天最熱的時候伐木頭還要直接下水運走。全是樹液，你應該注意到了。」我注意到了，沒錯，這使得工作難上加難，因為每根木頭比全年裡的任何時候都要重上兩倍，老馬布朗納拉起來也比平常吃力。

「整批木頭很容易下沉。水位也不幫忙；愈來愈低。我認為不好啦。不過他要現在做，我們就現在做。我無所謂。這裡你爸爸他是老闆。」

他是。我真的從來沒看過他像現在這個樣子，帶著幾個大男人做一件正經的大事，他擁有威權，他可以叫其他的人等著他，由他告訴他們他想要的作法，他們聽話照做，好像這本來就是天經地義的事，縱使他們可能懂得更多，更有經驗。我發誓，在這以前從沒想到過除我之外還有誰會這樣看待他接受他，這是一種不同於甚且更超越父子親情的關係。

河邊木材堆積的範圍愈來愈大，等到再沒有辦法往上堆的時候，我們開始落新的一堆。老馬布朗納從木材堆高處走下來轉進河邊我們幹活的位置，鏈條噹啷噹啷的響著，太陽在水面上閃耀，馬兒熱得身上大塊大塊的冒著汗散放出獨特的馬味，這跟我在城市裡經驗過的完全不同。很好聞的味道，我認為，而且在牠跑完一圈站定的時候，我可以把額頭貼靠在牠的側腹，感覺著那硬硬的毛皮摩挲著我的皮膚，近得連呼吸都有感覺，牠不需要駕馭也不必陪伴，因為繞過一、兩圈之後牠對行進的規則已經一清二楚。約拿的父親仍舊手執韁繩跟著一起走，我父親站在河邊準備好勾木材的鉤子，長度跟中世紀英格蘭騎士馬上比武所用的長矛一般。他們合力把木頭架高歸位，剛開始很容易，漸漸愈來愈困難，他們鍥而不捨，最後很明顯的是在互相角力：一個認為再也高不上去，快要放棄的時候，另一個堅持要繼續。

「來啊！」約拿的父親喊著，兩個人各把一個鉤子敲入木頭的一端，我父親大喝一聲：「抬高！」

約拿的父親吼回去：

「抬什麼抬用力拉啊！」他快失控了，我當時認為他這是在挑戰我父親的威權，他們用力抓，拉，甩，兩個人汗流如注，襯衫背部的顏色慢慢加深，額頭、脖子、胳臂青筋暴露，又藍又寬的就像世界地圖上那幾條大河：格蘭德河，布拉瑪普得拉河，尼羅河。終於他們沒辦法再繼續了，也沒道理再繼續了，我們還可以再開始落新的一堆，也是最後的一堆，我們已經忙了一整個禮拜，現在砍伐和堆積都接近尾聲，到目前為止我們已經完工的和切割出來的木材全數黃澄澄赤條條的攤在岸上，這在我看來真是太厲害了，我簡直不敢相信自己是其中的一分子。可是他們不肯罷手。他們打定主意要再堆上一根木頭，接著再一根，這或者是他們當中一個非要如此吧，而這當中的那一個似乎一直在換人。他們一般都靠兩根斜搭在木材堆上的圓木頭撐上去，角度要算準，而且非用繩索不可，站到了頂上就把繩索從兩個扣環放下來繞過那根圓木再往上拉抬，就像滑輪的作用，方便他們在安放木頭的時候把重量減半。法蘭慈曾經示範給我看過。可是他們兩個不這麼做，他們只用木材掛鉤，一邊一個，這不但重而且危險，因為根本沒有穩當的立足點，他們不可能做到行動一致。

好巧不巧的休息時間到了。我聽見法蘭慈假裝猴急的聲音：

「咖啡！給我咖啡！我快死啦！」從上面靠近小路的方向傳過來，我帶著痠痛無比的胳臂站著，緊盯著那兩個還在互相逼迫的大男人，在大太陽底下悶哼呻吟卻都不願放棄。約拿的母親也準備要划小船回家照顧拉爾司了，她走到我身邊停下來觀望。

我意識到她站在那裡，褪色藍洋裝裡的皮膚也是熱的，她不像平常那樣直接走向小船，上了船就搖槳，所以我確定有事情要發生了，這是一個徵兆，我想出聲喊我父親，叫他停止這些自己整自己的愚蠢行為。但是我想他不見得喜歡，儘管他常常聽取我的意見，只要是合理的都可以說，我也確實經常在說。我轉頭看著約拿的母親，這一刻她與約拿毫無關係，也或許是因為有這層關係，總之她像是兩個不同的角色，我們兩個一般高，我們的頭髮經過幾個星期的烈日曝曬都成了淺金色，可是那張臉，一分鐘之前還是開放的，幾乎赤裸到一無遮掩，現在卻封閉了，只有那眼睛散發一種夢幻的神采，彷彿她根本不在這個場地，她跟我看著同樣的東西，卻比我所看到的更遠、更大，我無從臆測，我知道她也不想開口制止這兩個男人，在她眼裡這兩個人繼續這樣固執下去為的是把某些事情一次了斷，某些我不知道的事，有可能這正是她的希望。這個想法令我不安起來。然而我並沒有把這個想法驅離，反而讓它長驅直入，我還有什麼地方可去呢？無處可去，我一個人哪裡也去不了，我上前一步挨緊她，我的屁股幾乎碰觸到她的屁股。我想她完全沒注意到，我卻有如受到電擊，在木材堆上的兩個人注意到了，他們往下看著我們，有一秒鐘的時間他們忘了幹活，接下來我做了一件甚至令我自己都大吃一驚的事。我的手臂環過她的肩膀把她拉近，過去我唯一做出過這樣舉動的對象是我的母親，這一個不是我的母親。這一個是約拿的母親，她跟我太像，身上有日光和樹脂的味道，但是還有另外一種令我發暈的東西，就像森林令我發暈，令我泫然欲泣，我不要她做任何一個人的母親，不管活的死的。奇怪的是她沒有移動，就讓我的手臂停留在那裡，微微的倚靠著我的肩膀，我不知道她要什麼，我自己要什麼，只是我摟她更緊，害怕又快樂，也許只是因為我是最靠近她的一個人，一個有肩膀可以倚靠的人，或者因為我是人家的兒子。然而這是生命中第一次我不想做人家的兒子，不想做我那遠在奧斯陸老家的母親的兒子，不想做在木材堆上那個男人的兒子，那個男人現在是如此的錯愕，即使他們的苦工正做到一半，他呼的直起身子任由那根木杆從他手裡滑脫，分心失神到了極點，約拿的父親也同樣大驚失色，但他奮力的撐著。可惜失敗了，木頭像螺旋槳似的打轉，在他還來不及調整角度的時候打到了他的腳踝，我聽見他一條腿斷裂的聲音，像一根乾枯的小樹枝，接著他栽下來，肩膀先撞上木堆然後砰的墜到地上。這一切發生得太快，直到他躺在那裡我才回過神來。我只是**看著**。我父親獨自一個人站在木堆上面，失去了平衡，木杆子在他一隻手裡揮擺，河流在他後面，藍天熱得發白。地上約拿的父親可怕的呻吟著，他的妻子，一分鐘前我還攬著她的肩膀摟她如此的緊，現在從恍惚中甦醒，她掙脫了我，奔向她的丈夫。她跪下來彎著腰把他的頭枕在她的腿上，她什麼也不說只是搖頭，就像他一直是個頑皮不聽話的孩子，少說也是第七百五十次了，她只好投降，至少從我站的位置看起來就像這樣。也就在這時候，我第一次對我的父親閃過一抹恨意，因為他毀了我此生──到目前為止，最完美的一刻，剎那間這恨意排山倒海而來，到了狂怒的邊緣，我兩手發抖，在酷暑之中我開始感到冷，我甚至不記得我有沒有為約拿的父親感到難過，他的痛苦那樣明顯──從他折斷的腿和重摔的肩膀。他在哀嚎。一個大男人悽慘的哀嚎，因為他的傷，也許也因為他的一個兒子死了，一個離家出走，很可能一去不回，他不知道，在這一刻所有的一切似乎都沒有指望了。這不難理解。即便如此，我也沒有為他感到難過，我自己整個人滿到快要爆了，他的妻子只管低著頭搖著，在我身後的小路上，法蘭慈重重的奔過來。連老馬布朗納都在抖動鬃毛拉扯韁繩。從此刻起，我想，什麼都不是原來的樣子了。

連續幾天的悶熱，那天尤其熱得特別。空氣裡有東西，照他們的說法是，令人難以忍受的溼氣。我們的汗水比平常流得更沒節制，午後雲量增多雨卻滴不下來。近黃昏的時候天空整個黑了，這時我們已經用小船把約拿的父親搖過河，然後搭上全村兩輛車子當中的一輛，去找印百答那邊的醫生。那當然是巴卡的車，全程都由他自己坐鎮駕駛座。而約拿的母親必須待在家裡陪伴拉爾司，不能把他一個人留在家裡這麼長的時間，我想她一定覺得寂寞又無聊，只能跟那個小男孩在一起枯等，連個可以說話的大人都沒有。坐在車裡的兩個大男人會聊些什麼我無從想像。

第一道閃電發作的時候，我和我父親就坐在小屋的餐桌邊望著窗外。我們剛剛吃完，彼此沒有交談，應該還是白天，還是七月，天黑得卻像十月的夜晚，電光一閃，我們可以看見砍剩下的樹樁、岸上堆積的木材和那條河，清楚的看得到另一邊。閃電過後，立刻一聲響雷把小屋都震動了。

「要死了。」我說。

父親轉過頭疑惑的看著我。

「你說什麼？」他問。

「要死了。」我說。

他搖搖頭嘆了口氣。「你應該想想你的堅振禮❼，」他說，「哎，要檢點啊。」開始下雨了，起初很輕柔，幾分鐘之後敲響了屋頂，我們坐在餐桌上很難再聽見彼此的心聲。父親仰面朝著天花板，好像他看得見雨水穿過壁板、橫梁、屋瓦，他還在希望會有一滴雨水落到他的額

❼ 天主教受洗禮。

頭上。他閉上眼睛，經過這樣的一天之後如果能有冷水潑臉那真是求之不得。他八成也是同樣的想法，因為他站了起來說：

「沖個澡吧？」

「不反對。」我說。我們立刻跳起來火速扯掉衣服往左右一踢，父親裸奔到盥洗台，把肥皂浸入水桶。他看起來跟我一樣的怪：從頭到肚臍都曬成了褐色，肚臍以下粉白，他往自己身上抹肥皂，抹到全身都被泡沫蓋住才把肥皂丟給我，我也儘快的照做不誤。

「最後的人出局！」他邊喊邊衝向門口。我一個彈跳像美式足球員似的切入他的路線，把他掀翻，他一把拽住我的肩膀想要制住我，但我身上太滑溜根本抓不住。他哈哈大笑的叫起來：

「你這個小滑頭！」他說的不是沒道理，好多年前就獲得證實了。我們兩個人肩並肩的緊緊靠在一起，貼身並排擠過狹窄的門口，誰都想第一個衝出去，兩個人在屋簷底下看著雨水在我們四周敲打著地面。這是一個令人感動到幾乎害怕的景象，這一刻我們只是站在那裡，認真的看著。然後父親深深的吸口氣，像個演員似的放聲尖叫：

「機會稍縱即逝啊！」他跳進雨裡，赤身露體的舞著，他伸展著雙臂讓雨水嘩嘩的澆在他的肩膀上。我跟隨他跑進大雨裡，站在他站的地方，跳著舞著唱著「挪威紅白藍」，於是他也唱起來，很快的我們身上的肥皂沫全都沖走了，連帶暖意也沖走了，我們的身體滑亮得像兩頭海豹，摸起來那冷的程度大概也一樣。

「我快凍死了。」我叫著。

「我也是，」他回應著，「不過我們還可以再忍耐一下下。」

「沒問題。」我一面喊，一面用手不斷拍打肚子和大腿，藉此把麻木的皮膚打出一些熱度，這時我想到用兩手走路的招數，我喜歡搞怪：

「來啊你。」我衝著父親大喊，然後腰一彎，整個人倒立起來，這下他不得不跟著做。我們就用雙手走在溼答答的草地上，大雨打在我們腿股上的那種感覺說不出的奇怪，我不得不趕快改回用腳走，不過絕對不會再有誰的屁股比我們的更乾淨了。我們奔進屋裡用兩條大毛巾擦乾身體，再用粗布在皮膚上按摩讓血液循環，讓體溫回暖，父親露著下體看著我說：

「哎，轉大人啦。」

「還沒吧。」我說，我知道我出現了一些自己搞不太懂的事情，這些事大人都懂，而我大概也很接近了。

「嗯，也許還沒。」他說。

他一手擦著頭髮，用條毛巾圍住臀部走向爐灶，把一張舊報紙撕成碎條搓一搓送進爐膛裡，再拿三根柴棒排在報紙周圍，劃上火柴。他關起爐門，留著盛灰燼的托盤不關以方便通風，乾透的枯木立刻劈啪的爆開來。他靠近爐子，抬起手臂，身子半傴向黑色的鐵閘板，讓竄升的暖熱送上到他的肚子和胸口。我待在原地，看著他的背影。我知道他要說話了。他是我的父親，我最清楚他的心思。

「今天的事，」他說，仍舊背對著我，「實在完全沒有必要。我們那樣繼續下去，結果一定很糟。我早就該停下來的。主控權在我，不在他。你明白嗎？我們都是成年人了。出這種事是我的錯。」

我不說話。我不知道他是指他和我都是成年人，還是他和約拿的父親。我猜是後者。

「不可原諒。」

應該是，我看得出來，只是我不喜歡他這樣一肩承擔過錯的方式。我覺得這事很有爭議性，如果真的要怪他，那也該怪我一份，即使為這種事情負責的感覺很壞，但他這樣把我撇開是太瞧不起我了。我覺得那恨意又回頭了，只是這次比較溫和。他從爐子前面轉過身，我在他臉上看出來他已經知道我在想什麼，但是多談無益，我們兩個都不會因此而舒坦。這件事太複雜了，我甚至不能再去想它，今天晚上不能。我的肩膀垮了下來，眼皮也垂了下來，我抬起手，用指節揉著。

「你累了？」他說。

「是。」我說。**我是累了**。身體累心也累日曬雨淋的皮膚也累，我只想躺上床躺在鴨絨被子底下一睡再睡，直到再也睡不著為止。

他伸出手把我的頭髮揉亂，再從爐頂的架子上拿了一盒火柴，走過去點亮桌上的煤油燈，然後吹滅火柴打開爐門把它扔進火焰中。我們黃黃白白的身體在黃色的燈光下好像顯得更加滑稽。他帶笑的說：

「你先去睡，我隨後就來。」

他沒有。夜裡我醒來要去尿尿時，不見他的人影。我睡意朦朧的走過客廳，他不在裡面，我打開門往外看，雨停了，他也不在外面，我回到他的床鋪，仍是整齊乾淨的一派軍人作風，它看起來還是原來的樣子，從昨天早晨到現在沒有動過。

七

枯死的雲杉已經修剪過，用鏈鋸切割成容易上手的長度，大約半塊砧板的大小。我用手推車運送這些木塊，一次三片，把它們堆在柴房外面的地上，現在已經堆成一個兩度空間、差不多有兩公尺高的金字塔，靠在屋簷底下的牆壁上。明天要開始劈柴的工作了。到目前為止，一切順利，我自己很滿意，只是我這個背今天承受到了極限。況且過了五點，太陽已經沉向西邊，應該說是西南邊，暮靄從森林邊緣剛才幹活的位置冉冉漫起，該是停工的時候了。我把黏在鋸子上的木屑、汽油、機油儘量擦拭乾淨，送進柴房裡的長凳子上陰乾，再關上門走過院子，臂膀底下夾著空空的保溫瓶。我在台階上坐下來，脫掉潮溼的靴子，拍掉靴子裡的碎木片，把褲腳撣一撣。我接著拿工作手套用力的拍打襪子，再用手指把最後一些碎屑摘掉，這些碎屑居然落成了一小堆。萊拉坐著看我，她叼了一枚松果，杵在嘴裡就像一支還沒點火的超大雪茄，她是想要我拋給她去追然後再叼回來，可是這個遊戲一旦開始她就會沒完沒了，我實在沒有力氣。

「抱歉，」我說，「下次吧。」我拍拍她黃叢叢的頭，揉揉她的脖子，輕輕拽一下她的耳朵，她愛這套。她丟下了松果便走去坐到門墊上。

我讓靴子鞋跟靠著牆，將靴子留在門階上，便踩著襪子到玄關再進廚房，打開水龍頭用滾燙的熱水涮過保溫瓶，把它晾在工作台上。熱水鍋爐是這兩個星期剛裝上的。這裡之前從來沒有鍋爐，只有牆上的冷水水龍頭配上安裝在它下面的水槽。我打電話給熟悉這裡的水管師傅，他叫我從外牆挖一道兩公尺長的溝一路挖到水管的位置，再由他來調整地基牆腳下水管的角度。挖溝的事我得趕快，他說，事不宜遲，得趕在霜降之前。水管師傅不幹挖溝的活，他不是勞工，他說。我不介意，只是這活太重，一路挖下去全都是砂礫和石頭。有些石頭還真大。我不得不懷疑自己會不會住在一塊冰磧岩上。

現在我像大家一樣有一個設備齊全的洗碗槽了。我對著水槽上方的鏡子看看自己，這張臉看起來跟我想像中六十七歲的臉沒什麼差別。我就是我該有的樣子。至於我是否喜歡這個樣子，那是另外一個問題。這完全不重要。我並不打算亮相給很多人看，這裡也沒什麼人，我只有這一面鏡子。說實話，我對鏡子裡的臉一點也不排斥。我感恩知足，我認得出自己。我已無所求。

收音機開著，他們在談即將來臨的千禧盛典，談很多問題必然會出現在過渡期；從九七、九八、九九到〇〇年在所有的電腦系統上，我們誰也不知道會發生什麼，我們必須自保才能對抗潛在的大災難，因為挪威的工業預防措施太牛步。我根本聽不懂，也毫無興趣，唯一確定的是這一票名嘴沒有半個拿得出什麼實際的作為，不管是他們一定會做或是已經做了的事。

我拿出最小的平底鍋，刷洗了一些馬鈴薯放進去，再加滿水把鍋子放上爐灶。我感覺到餓了，鋸木頭的工作令我胃口大開。我有多久沒有這種飢餓的感覺了？這些馬鈴薯是在小店買的，等到明年，我去自己柴房後面的菜圃裡就會有了。那塊舊有的菜圃地長得密密麻麻非挖不可了，我相信我可以搞定，只是時間的問題。

這件事很重要，你一個人的時候千萬不可疏忽晚餐。做飯不難，乏味的是只做給一個人吃。馬鈴薯、醬汁、綠色蔬菜不可少，還要一條餐巾、一只乾淨的玻璃杯，餐桌上頭要點上蠟燭，絕不可以穿著工作服入座。所以馬鈴薯煮滾的時候，我進臥室換了條長褲，穿上乾淨的白襯衫，回廚房先在餐桌鋪上一塊布，再起油鍋炸我親自從湖裡捕來的魚。

屋子外面，藍色時間到了。所有的東西都拉近了距離；柴房，樹林的邊緣，遠方的湖，彷彿上了色的空氣把世界都綁在一起，沒有一樣東西是分離的。想像是很美好的事，至於是真是假那又是另外一回事了。對我來說還是分開獨立比較好，不過在這一刻，藍色的世界給予我一種自己也不清楚到底要不要的慰藉，就算不需要，但也還可以接受吧。我在餐桌旁坐下來，心情大好的吃了起來。

有敲門的聲音。敲門本身並不奇怪，因為我沒有門鈴，只是從我搬來這裡沒有人把手放到這扇門上過，有人來造訪的時候我聽見車子的聲音就會走到門階上恭候。這次我既沒聽見車聲，也沒看見任何燈光。我站起來放下剛開始享用的晚餐，有一些些氣惱，走到了玄關打開大門看，是拉爾司。在他身後是撲克，牠就坐在院子裡，安靜又聽話的樣子。外面的光線幾乎像人工打造的，像我看過的一些影片裡那種藍藍的、很像舞台，看不見光源但每樣東西卻清晰可辨，就像同一時間透過同一個濾光鏡，又像是不同的東西統統出自相同的本質。甚至連那狗都是藍的，牠一動也不動，像隻黏土做的狗。

「晚安。」我說，其實現在還算是下午，可是在這種光線下不大可能說出別的話。拉爾司站在那裡，臉上似乎有些尷尬，或者是一些別的東西，還有那狗也是；身體僵硬，是他們兩個共同的特徵，而且他們誰也不肯直接看著我的眼睛，他們不說話，他們在等待。最後他終於說了：

「晚安。」說完他又恢復安靜，不說他到底要做什麼，我也不知道該如何幫他的忙。

「我正要吃飯，」我說，「不過沒關係，進來坐一會吧。」我把門開大邀請他進來，心裡篤定他會拒絕，篤定以為他有話也會在台階上說，只要他有辦法把努力想說的那些話說出來。他下定了決心，走完最後幾步台階，回頭對撲克說：

「坐這裡。」他指著台階，撲克走到台階坐下。我挪到一邊讓他走進玄關，然後帶頭進廚房停在餐桌邊，他跟著進來關上門，桌上的燭火隨著這陣風不停搖曳。

「你吃飯了嗎？」我說，「這些夠兩個人吃的。」這話是有幾分真，我煮的分量總是會超過，對自己的胃口拿捏不準，那多出來的部分通常都是萊拉的，她也清楚知道，所以我坐下來吃飯的時候她最高興。這時候她就躺在爐子旁邊，專心的看著我，等候著。現在她從她的位子站起來，搖著尾巴，嗅著拉爾司的褲管。毫無疑問，這條褲子該洗了。

「你坐。」說著，我不等任何回話，就從角落的碗櫃取出一個餐盤，在上面放了餐具、餐巾、玻璃杯。我為他倒了杯啤酒，也給自己一杯。窗戶上有幾片雪花，看起來很像耶誕節。他坐下，我看出他在偷瞄我的白襯衫。我不介意他穿什麼，我遵循的法則只適用於我個人，不過我發覺不管他本來打算要說什麼，我並沒有讓他有比較自在的感覺。我坐下來叫他不必客氣，他取了一塊魚、兩個馬鈴薯、一點醬汁，我不敢看萊拉，因為這些本來應該是她的份。我們開始吃了。

「很好吃，」拉爾司說，「這是你自己抓的嗎？」

「是的，」我說，「就在河口那邊。」

「那邊魚很多。尤其是鱸魚，」他說，「還有狗魚，就在蘆葦附近，如果運氣好有時候還會有鱒魚。」我點著頭繼續吃著，耐心的等著他說到重點。他不會沒有任何特別目的就只是過來吃頓晚飯而已。最後他灌了一大口啤酒，在餐巾上擦擦嘴，兩隻手擱在腿上，清了清嗓子說：

「我知道你是誰。」

我停住咀嚼。這時我忽然想到鏡子裡我的臉，他會知道那是誰嗎？只有我才知道那是誰。

或者他是不是記得三年前報紙上我的一張大照片，站在下著冷雨的馬路中間，鮮血和雨水從我的頭髮和額頭流到我的襯衫和領帶，我兩眼呆滯又困惑的對著鏡頭，在我後面，隱約看見的，那輛藍色奧迪的車屁股翹在半空中，車頭整個栽向石頭坡下。那溼暗的山壁，救護車的後車門敞著，擔架上是我太太；警車的藍燈在閃，藍色的毛毯圍著我的肩膀，一輛大得像坦克車的貨卡橫跨過路中心的黃線，還有雨，雨下在冰冷、發亮的柏油路上，反映出來的每樣東西都是雙重的，之後好幾個星期我看出來的每樣東西也都是雙重的。所有的報紙都登了那張照片。畫面完美的由一位攝影師在車禍之後拍攝下來，他那時就坐在因為車禍而排了半小時長龍的車隊當中。當時他正在前往某個無趣的派任途中，結果卻因為在雨中拍的這張照片而得獎。低低的灰色天空，四分五裂的路障，白色的羊群在後方的山坡上。所有這一切都一「拍」搞定。「看這裡！」他喊。

但這不是拉爾司所說的意思。也許他確實看到了那一張照片，極有可能，但這不是他所說的意思。他認出了我，就像我認出了他。超過五十年了，我們當時都只是孩子，他十歲，我才十五歲，我還處在對周遭發生的各種事情都會害怕的年紀，對於那些我不了解的事，縱使我知道自己已經很接近了，只要我肯伸長手，也許就此一路通暢地懂得了全部的意涵。至少我是這麼以為的，還記得一九四八年那個夏天的夜晚，我手裡拿著衣服從臥室跑出去，忽然驚恐的體會到父親所說的話和事情的本身，其實是不相同的，這個必然的不同使得世界變成了液體，難以捉摸。虛無開了門，我從那裡面看不到另一邊，屋外，在黑夜的某個地方，往下游不過一公里左右，拉爾司也許醒著，他孤單的躺在床上，努力的想要抓住**他的世界**，他不能掌控的那一槍仍舊充斥在這棟小屋裡的每一立方米的空間，到最後不管人家在跟他說什麼話，他聽到的只有那一槍，往後很長很長的一段時間這都將是他唯一聽得見的一件事。

現在經過五十多年之後，他就隔著餐桌坐在我對面，他知道我是誰，我無言以對。這並不是一個指控，雖然感覺上很像，這也不是一個發問，我不需要回答。但是如果我什麼話都不說，場面會太安靜很難堪。

「是，」我筆直的看著他，「我也知道你是誰。」

他點點頭。「我想也是。」他再點點頭，拿起了刀叉繼續吃著，我看得出他很開心。這就是他要說的話。沒有別的，沒有多餘的。要說的話說了，要得到的確認也得到了。

剩下來的進餐時間我感覺到稍許的不自在，我陷在一個不是出於自願的情境當中。我們沒有任何交談的吃著飯，只有當夜色迅速無聲的降落在院子裡的時候，我們傾身向前並望著窗外，互相點了點頭表示對季節的認同，說著「現在天黑得好快啊，是吧」之類的話，彷彿這是一樁新鮮事。拉爾司似乎很滿足，他把盤子裡的食物吃得乾乾淨淨，幾乎興高采烈的對著我說：

「非常感謝，能好好的吃一頓晚飯真好。」看樣子他準備要走了。他走了，不必拿手電筒，腳步輕快的上路了，而我卻覺得很沉重，撲克小跑步的跟在他後面往那橋往那小屋走去，小屋緩緩的被夜色整個吞沒了。

我靠著門口站立一會，用心聽著碎石子路上的腳步聲漸行漸遠，再久一些，我還聽見了黑暗中傳過來模糊的關門聲，看見了河邊木屋裡亮起的燈光。我轉身並望向四面八方，唯一看到的只有拉爾司那邊的燈光。像要起風了，我仍待在原地凝望著黑暗。風起來了，從森林橫衝直闖而來，我覺得好冷，只穿了一件襯衫而已，整個人抖得牙齒都在打顫。終於，我不得不放棄，走進屋子關起了門。

我把餐桌清理乾淨，這屋子裡第一次在桌布上擺了兩個盤子。我有種被侵犯的感覺。確實如此，被一個特定的人侵犯了。

確實如此。我從食物櫃取出萊拉的碗，裝了一大碗現成的乾糧，拿過去放在爐灶前面的地上。萊拉看著我，這不是她期盼的，她對著狗食嗅了嗅，慢慢吞吞的吃了起來，每一口都吞得非常鬱卒，然後她回頭看著我，很長的一望，再用那樣的眼神嘆著氣繼續吃，就像是在出清下了毒的聖杯。真是被寵壞的狗。

趁萊拉進食的時間我進去臥室脫襯衫，把它掛在衣架上，套上了工作衫和毛衣再走向通道，取下掛鉤上那件暖和的厚呢短大衣一併穿上。接著，我找來了手電筒和為萊拉準備的哨子，穿著拖鞋走上門階再換成靴子。風現在更加強勁了。我們走上碎石路，萊拉帶頭，我離她幾公尺的距離殿後。我還看得見她的白毛，只要能看見她的毛色，那就是一個方向燈；我沒打亮手電筒，我要讓眼睛逐漸習慣黑暗，習慣到我不必使勁的瞪著看，就能捕捉到那一點消失已久的光。

我們到達橋頭的時候，我在欄杆口停了一會，朝拉爾司的木屋望著。窗戶全都亮著燈光，在黃色的窗框裡，我看見他的肩膀和尚未有一根灰髮的後腦勺，還有在房間較遠那一頭的電視機。他在看新聞。我不知道我最後一次看新聞是什麼時候了。我沒有帶電視機上來，在某些個嫌夜太長的黃昏難免會後悔，可是我的想法是一個人住的時候你最容易讓自己黏著那些閃爍的影像和那張椅子不放，一坐就會坐到夜深，然後在別人移來動去的時候，你的時間就這樣白白的過去了。我不要那樣。我要跟自己為伴。

我們離開了碎石子路走在我常走的河邊小徑，我沒聽見流水聲，風在我周圍的林間樹叢裡颯颯的吹，我亮起手電筒以免不小心絆倒了摔進河裡，因為我聽不見它的方向。

到了湖畔，我順著蘆葦叢的邊緣走到長凳的位置，這個長凳是我把它組合好了拖來這裡的，有了它就可以坐著看河口的生命，看看跳出水面的魚，在河灣裡築窩的鴨子和天鵝。當然，這個時節是不會有的，可是每天早上牠們還是會帶著春天產下的小寶寶到這裡來；現在小天鵝跟牠們的父母一般大了，不過還是灰色的，看起來很特別，很像是兩個不同的種類在結伴同遊，牠們的動作都很像，顯然牠們認為彼此是相同的，雖然大家都看出牠們的不同。趁著萊拉照慣例去兜她的圈子時，我想，不如我就坐在這裡胡思亂想好了。

我找到長凳坐下，現在當然沒有什麼東西可找可看，於是我關了手電筒坐在黑暗之中，聽著風掃過蘆葦同時發出刺耳的聲音。經過這一整天，我可以感覺出自己有多累，幾乎已經超過了平常的極限，但我閉上眼睛告訴自己千萬不可睡著，只能坐一會。不過，我還真的睡著了，然後又被冷醒了。四周盡是駭人的風聲，我想到的第一件事，是希望拉爾司沒有說那句話，它把我牽引到了我自以為拋得遠遠的那一個過去，不費吹灰之力更近乎不道德的把五十年拉了回來。

我離開長凳子站了起來，感覺到身體很僵硬。我對萊拉吹了聲哨子，麻木的嘴唇吹起來沒那麼容易，不過才一會兒，她已經挨著長凳輕輕的嗚著，用鼻子頂著我的膝蓋。我打亮手電筒，風真是大得可以，我拿手電筒往四處探掃了一圈，光線照到的範圍裡都是一片混亂：蘆葦擺平在湖上，湖面翻起白白的泡沫，光禿禿的樹梢彎下了腰一律向著南邊倒，還發出哭嘯的聲音。我彎下身子，撫摸著萊拉的頭。

「乖狗。」我用英文說，聽起來很蠢，很像我看過的一部電影，記憶中也許是「靈犬萊西」吧，但是這並不令我訝異；也或許我是在追憶某些遺忘了的東西吧，這兩個字一直纏繞不去。我猜不是來自狄更斯，在他的書裡我不記得有任何關於「乖狗」的字句，總之這聽起來很蠢。我再度直起身子，把外套的拉鍊一路拉到下巴。

「走吧，」我對萊拉說，「我們回家。」她完全放鬆的跳起來衝上小徑，尾巴翹得老高，我跟隨著她，手腳不大靈活，只能緊緊握著手電筒，把頭埋在衣領裡。

八

我清楚記得小屋裡的那個夜晚，父親沒有像他說的上床睡覺。我走出臥室走進客廳，在爐子前面飛快的穿好衣服。我湊近爐子，發現還有些餘溫，我仔細聽著周遭的夜，沒有一點聲音除了我自己的呼吸，它顯得特別急促又古怪的粗重，在這個似乎變得出奇大的房間裡，雖然我非常清楚從這堵牆到那堵牆只有多少步的距離。我強迫自己把呼吸放慢，用力的吸足了一口氣再仔細小心的把它呼出來，在這一呼一吸的時間裡我想著：到今天晚上為止，我的人生一直不錯，我從來不孤單，沒有真正孤單過，即使我父親離開了那麼長的時間。然而，我在這方面的自信，就在七月的那一天整個吹散了。

炙熱的白天已不復在，我打開門穿著長統靴走入院子。那裡一個人也沒有，似乎有些涼意，天還不太黑，是一個標準的夏夜，我頭頂上的雲層開的開，裂的裂，正以飛快的速度掠過天際，忽隱忽現的白光使我很容易辨識通往河邊的小徑。經過一場滂沱大雨河水順暢多了，急流已經高過岸邊的鵝卵石，高漲的水面浮動著淡淡的銀光，我隔了這段距離也還能看得到，奔騰的河水是我唯一聽到的聲音。

小船不在位置上。我涉水走了幾步，朝河流上上下下的張望，只有河水不斷在沖刷我的腿，我什麼也沒有看見。當然，木材堆還在，它們的香氣在潮溼的空氣裡更加濃烈；那樹幹上釘著十字架的松樹也還在；而河對岸通上碎石路的那一片野地依然存在。只有天空的雲在動，忽隱忽現的光在動。在夜裡這樣單獨站著的感覺很詭異，那光或是那聲音的感覺幾乎穿透我的全身；一輪明月或是一響鐘聲，水激盪著我的靴子，環繞我的一切是那麼的大那麼的安靜，但是我沒有被遺棄的感覺，我的感覺是萬中挑選出來的唯一。我非常平靜，我是世界的錨。是河水給了我這樣的感覺，我可以讓水浸到我的下巴坐在那裡不動，任由水流來回撞擊推挪我的身體，我仍舊還是原來的我，仍舊是錨。我回頭看小屋。窗戶暗暗的。我不想再進屋去，那裡一點光都沒有了；兩個房間都空空的沒有人，鴨絨被很溼，爐子也早已熄滅，當然要比我在這裡更冷。現在我在那間小屋裡已經毫無作為。因此，我上岸開始走路。

我先從砍剩的殘幹中間走向我們那塊地後面的窄碎石子路，不照我們平常的往北，而是改往林子南邊走，走到橋和小店的方向。目前看路找路都不難，因為沒有雲，夜又明亮了起來，到處都像白色的麵粉，就像我看得很清楚的一個濾光鏡，觸手可及，只要我願意——但事實上，當然不能。不過，我還是試了。我走在黑暗的樹幹中間，就像一條有著好多柱子的通道，我張開手指穿入空氣，在粉白的光線裡慢慢且重複的忽上忽下，我什麼也摸索不到，所有的東西還是原來的樣子，跟其他任何一個夜晚完全一樣。可是人生的重量已經從一個點轉換到了另外一個點，從這一條腿移到了另外一條腿，就像山麓上大片陰影中一個默默無語的巨人，我覺得自己不再是這一天開始時候的同一個人了，我甚至不知道這算不算是一件悲傷的事。

我不知道，我太年輕還不懂得回顧，於是我繼續往碎石子路走去。我聽見遠在樹林那一邊的河流，過不久，我還聽見了鄰近我們小屋南邊牛乳場裡的聲音。牛群在木柵欄後面的棚子裡反芻咀嚼或是躺在稻草堆上，牠們在黑暗中這邊那邊的活動著，有時忽然很安靜有時又忙個不休。走在路上還聽得見模糊的牛鈴聲，我不知道時間到底有多晚，是不是就快要早晨了，我也不知道是不是可以輕手輕腳的爬進牛棚坐一會取個暖再走。這件事我倒是真的做了。我順著牛群常走的小徑，經過安靜無聲的小屋，沒有任何人往窗戶外面看。我打開牛棚的門走進去，裡面有一股很強烈的味道挺好聞的，這裡一如我想像中的暖和。我在幾條水溝之間的通道上找到一張擠牛奶的凳子，我把它靠在剛剛帶上的門邊坐下，閉起眼睛聽著牛群在每個牛欄後面均勻平和的呼吸聲，牠們磨牙的聲音也很平和。牛鈴叮噹的響著，木頭在吱嘎，屋頂上不斷的有著嗖嗖聲——那不是風，而是混合著所有屬於夜晚的聲音。然後我睡著了。

我醒來時覺得有人在摸我的臉頰。我以為是母親，我以為我是小男孩，是我忘記了，我告訴自己，我當然有一個母親。她的五官一點一點的在我腦子裡浮現，到最後幾近完整的組合成我熟悉的樣子，可是，我現在仰看著的這張臉並不是她的臉，一時間我徘徊在兩個世界裡，我半夢半醒的眼睛各自看著一邊。站在那裡的是這個農場擠牛奶的女工，這表示現在是早晨五點鐘。我見過她很多次，也跟她說過話，我很喜歡她。每當她走上小徑唱著歌叫牛群回家的時候，那歌聲就像銀笛的聲音，這是我父親說的，他還把兩隻手舉到嘴巴邊上，噘著嘴配合手指頭不斷拍啊點的示範給我看。我不知道銀笛的聲音像什麼，那時我從來沒聽過有誰吹奏過，現在她笑笑的看著我說：

「早啊，羊寶寶。」這話聽起來真悅耳。

「我睡著了，」我說，「這裡好暖和好舒服。」我坐直起來，用指節揉著臉。「妳要用凳子了。」

她搖搖頭。「不用，你只管坐著，我還有一張，沒關係。」她一手提著一個擦得發亮的桶子走向通道，找到另一張凳子在第一頭牛旁邊坐了下來，開始清洗母牛粉紅色的乳房，她熟練的雙手動作好輕柔。她已經把牛棚打掃過了，地板上鋪滿了木屑，看起來乾淨又清爽。現在牛群全都站著，排成兩排：每一邊有四頭花斑乳牛，奶水充沛的等候著。她把桶子拉近，溫柔的握住母牛的乳頭，白色的牛奶噴到金屬桶子裡發出鏗鏘的聲音，看起來很簡單，可是我試過好幾次結果卻一滴也擠不出來。

我背靠著牆，坐在那裡看著燈光下的她，她把提燈掛在牛棚旁的一個掛鉤上；頭巾束著她的頭髮，金色的燈光照著她的臉，她專注的視線，她微微的笑意，她裸著的臂膀，她跨坐在桶子兩邊，裙子底下隱約發光的膝蓋頭，不能自已的，我褲子裡面忽然緊繃起來，力道之猛令我幾乎停止呼吸，我真的不記得之前對她有過這種想法。我用兩隻手把住凳子，對自己真正想念的人忽然有一種不忠的感覺，我知道現在只要稍微移動一公分，只要一丁點的摩擦，一切就毀了；她立刻會看見，也許還會聽見我緊繃到快爆破的胸口發出那無可奈何的哼聲，她就會知道我是多麼的可悲可厭，我無法承受這些。所以我必須想一些別的事緩和這份壓力。首先我想到馬，我看過牠們在村子裡一路奔馳，好多的馬好多的顏色，重重的馬蹄聲在乾燥的路上揚起一片塵土，在屋子和教堂之間迴旋又垂落，就像層層黃色的簾幕，可惜這些對我幫助不大，因為那些馬匹在奔跑時的熱力、牠們頸部的曲線、有節奏的呼吸，所有跟馬相關的這一切很難解釋，可是你就是知道那感覺還在。所以我改成想白尼峽灣（Bunnefjord），在家鄉的白尼峽灣，就在五月一日那天，不管風有多大不管天氣如何，就是要跳進灰綠色的海水中開始一年中第一次的泅泳。當時那水有多冷，在開登海灘（Katten beach）陡峭的岩石縱身一跳，在撞擊到光滑水面時又是如何的喘不過氣來，而且一次只能一個人跳，因為另一個人必須站在水邊拿著繩子當救生員，以防萬一在水裡游著的那一個腳抽筋。我們決定一年來游一次的時候我才七歲，我和我姊姊兩個人，不是因為快樂好玩，而是因為我們覺得應該做一些需要加倍努力的事情，一些讓自己痛苦的事，在當時這件事的痛苦程度最符合我們要的。而在這之前的三個星期，德國大軍壓境奧斯陸，軍隊沒完沒了的走過卡爾約翰（Karl Johan），那天很冷街上也很靜，只有整齊劃一的踏步聲，像揮鞭子的聲音，抽打在大學樓前面行進的行伍中間。從外海從德國到峽灣，麥瑟虛密茲（Messerschmitts）忽然響起的轟隆聲震撼了這座城市裡的屋頂，大家靜靜的站著看，我父親不吭聲，我不吭聲，群眾裡沒有一個人吭聲。我抬頭看父親，他垂眼看著我慢慢的搖了搖頭，我也搖了搖頭。他牽著我的手帶我離開人行道上的群眾，上街走過議會廳到達歐斯本車站（Østbane Station），或許是要看看在忽然間除了德國人的軍隊無所不在之外，往摩塞維恩（Mosseveien）的巴士開不開，南行的火車有沒有誤點，或是還有其他什麼會在那天統統停頓的。我不太記得我們是怎麼回小鎮的，是坐火車或巴士或是搭誰的便車——最有可能是走路——反正我們回家了。

這之後不久，父親第一次出了遠門，我和姊姊準備在冷冽的峽灣游泳，我們的心在狂跳著，繩子就在那裡待命。

這真的能讓我冷靜下來，想著一九四〇年的春天，想著那些寒冷的日子裡我父親和白尼峽灣冰凍的海水，從凱登到英吉爾斯特蘭，那一片我們常去的海灘，很快的我可以把緊巴著凳子的手鬆開了，我站了起來，一切正常沒有出糗。擠牛奶的女工已經移向下一個牛棚，坐在那裡哼哼唱唱的把額頭貼著母牛的肚子，依我看，她腦子裡想的只有這頭乳牛。我把凳子端正的靠牆擺好，準備偷偷開溜的時候，她的聲音在我身後響起：

「要不要喝一口？」我臉一紅，不知道為什麼，我轉過身說：

「好啊，一定很棒。」雖然我拒絕鮮奶已經好長一段時間，只要看到它裝在杯子裡想著那種濃稠的樣子我就反胃，可是我睡在她的牛棚，還對她起了她不知道也絕不會喜歡的非分之想，我實在看不出還能有什麼拒絕的理由。於是，我接過她遞給我的滿滿一勺大口吞了下去，然後用力擦擦嘴。等我確定它全部「下去」之後，我才說：

「謝謝，我真的要走了。我父親已經做好早餐了。」

「是嗎？真早。」她平靜的看著我彷彿把我看穿了，知道真正的我是怎樣的，知道我心裡在想些什麼，那些事連我自己都不太清楚，我有點用力過度的點了點頭，腳跟一轉從牛棚中間走出了門外，還來不及走上大路我就把奶水全部吐了出來。我扯下幾束石南再用青苔把地上的白色嘔吐物遮住，在她擠完奶帶牛群出來經過時才不會立刻發現，以至於感到難堪。

我順著大路一直走，直到路面越形狹窄而成了一條小徑，然後我轉個彎往河流的方向走，穿過沾著露水的草叢，野草一路長到小碼頭，這裡靠東邊有一道回流的積水，蘆葦幾乎把小碼頭都遮住了。我走上去坐在盡頭，兩條腿垂在邊緣晃著，腳上的靴子幾乎就在水裡，現在天已經大亮，太陽升起到了後山，穿過蘆葦叢我看得見河流的另外一邊，那是約拿住的農舍，或者該說是他**曾經**住的地方，我再也無從得知。他們也有一個小碼頭，碼頭上拴著三艘小船；一艘都是約拿在用，另一艘我看見他母親來伐木場的時候會用。第一艘漆的是藍色，第二艘紅色，第三艘是綠色，這第三艘通常都停靠在我們的小屋旁，除非有哪個白痴停錯了岸，而這個白痴一般都是我。現在它就停在那裡。那個小碼頭還有一張長凳，凳子上此刻坐著約拿的母親，在她身邊是我父親。他們緊緊的靠在一起。他刮過鬍子，而她穿著去印百答時候穿的藍底黃花洋裝，肩上披著我父親的夾克。我父親的手臂正環著她的肩膀，就像不到二十四小時之前我做過的那樣，只是他做了一件我當時沒做的事：他吻著她。我看見她在哭，這倒不是因為他吻了她她才哭，反正他就是吻她，反正她就是在哭。

也許在那個時候我缺乏某種想像力，也許到今天還是這樣，但是看到河那一邊所發生的情景實在令我感到太突然，我坐在那裡瞪著眼、張著嘴，不是冷也不是熱，甚至也不是溫，我的腦袋空到快要爆了，如果當時有人看到我，一定以為我是一個剛從遲緩兒之家逃出來的孩子。

我可以說服自己看錯了，事實上我不太可能看見河那一邊發生了什麼，因為河流太寬，我想我頂多隱約的看見有個男的在安慰一個女的，那女的剛剛失去了一個孩子，她的丈夫又被送到離家好幾公里外的醫院去了，那女的感到寂寞又孤單。如果真是這樣，這個時間點未免也太奇怪了，我坐在這裡望著的肯定不是密西西比河，不是多瑙河，不是萊茵河，甚至也不是我們挪威的格羅門河，而是這一條半圓形走向，不算太寬的河流，經由瑞典邊境流入這個山谷這個村莊再回到瑞典偏南方幾公里的地方，所以它到底算是誰的，是不是瑞典的成分大過挪威，很有爭議，如果可能你不妨吞一口試試，說不定還會有瑞典的味道呢。河面在這一段的寬度並不大，我就坐在我這邊的小碼頭，他們坐在他們那邊的碼頭。

所以我不會看錯。他們吻著，彷彿這就是他們這一生最後一件非做不可的大事了。我不忍看他們，可還是看著，我努力想著我的母親，就像一個做兒子的忽然碰上這樣的事情時該會有的反應，可是我沒有辦法想她。她不見了消失了，她跟這一切完全搭不上邊，這時候空空的感覺又上來了，我坐在那裡一直看著直到我坐不住為止。我慢慢的站起來，藏在蘆葦後面，儘量不出聲的走上木板，回到小徑走了幾步又回頭，我看見他們兩個也站起來手牽手的朝農舍走去。

我不再回顧，只管走過野地穿過高高的草叢，轉個彎，小徑變成了大路，這路經過那座牛乳場，它的牛棚我睡過。不過那好像是很久以前的事了，現在光線不一樣，空氣也變了，陽光普照著山脊，溫暖而和煦。我的喉嚨裡痛痛癢癢的，很奇怪的感覺，好像老是有什麼東西要跑上來的樣子，好在我用力吞嚥還鎮得住。我聽見牛群往山坡上走，慢慢登上福祿山（Furu mountain），其實它不算是真正的山，只是頂上有森林的丘陵地；還有一些別的牲畜也在往這片最好的牧草地前進，鈴聲從左到右的響個不停。

我走到了堆木頭的地方，從這條小路可以直通我們的小木屋。我停下來聽。樹砍光了之後河流的景觀看得清清楚楚，我知道我一定聽得見有小船搖過來，然而從那個方向一點聲音也沒有。小木屋在這樣的光線下顯得更加親切，我很容易就可以走上去，走進客廳，從罐子裡取出一片麵包抹上奶油，我是真的餓了，但我卻繼續沿著大路走向橋走向小店。這麼走著，花了我二十分鐘的時間。法蘭慈的屋子矗立在橋這邊靠河的一塊高地上。從大路上我看得見他的門開著，太陽一路照進了玄關，可以聽見收音機的聲音從那屋子傳出來。我走下了碎石路直接走過去，當踏上三個台階時，我在門口叫喚：

「哈囉！這裡有早餐吃嗎？」

「哈囉，有！快給我進來吧！」屋子裡傳出了回答。

九

強風呼嘯一整夜。我醒了好幾次，聽著風貼著牆壁哼唱——當然不止於此，它還兇猛的扣住整棟房子，害得房子老舊的材質不斷哀吟：聲音四面八方的來，尖厲、呼嘯、威嚇的聲音幾乎從森林直撲過來，還有金屬的喀答聲，強勁的爆裂聲，我認為就在柴房附近，這的確令我有些擔心，我躺在黑暗裡睜大眼望著天花板，不過鴨絨被很暖，我暫時還不想起來。我不知道石板瓦承不承得住，會不會飛離屋頂旋啊轉的橫過院子打到我的車，把車給打凹。我想應該不會，於是我繼續睡。

第二次醒來風很可能刮得更兇，只是現在像在吮吸，風被屋脊犁過劈開了；不是喀答聲，不是爆裂聲，比較像是大船底下靠近引擎的隆隆聲，黑暗中所有的東西現在都在搖晃都在向前挪移，這屋子有了桅桿有了信號燈，還有一條冒著泡沫的尾波，應有盡有，我喜歡，我喜歡在船上，也許我還沒有十分的清醒吧。

等我最後一次睜開眼的時候，已經七點半了，照我平日的標準是醒晚了，太晚了。窗子上只有些許的灰光，窗玻璃的另一邊出奇的安靜。我躺著不動靜靜的聽，外面的世界一點聲氣都沒有，只有萊拉的腳爪扒過廚房地板搆向她那只水碗的聲音。一直處在爆破聲當中的宇宙，現在完全洩了氣，全部只剩下這隻耐心十足的狗仔。我聽見她在大聲的喝水吞水，然後小心的發出低低的吠聲，表示她想要出去辦一些不可以在屋子裡做的大事，而且是希望在不太打擾的情況下。

我感覺得到我的背不太妙，翻轉身趴著才把自己慢慢推到床鋪邊緣，讓膝蓋先著地，再試著抬高身體成為站立的姿勢。還算順利，不過經過昨天的賣力工作之後我真的是全身痠痛僵硬。我赤腳走進廚房，走過萊拉旁邊再到玄關。

「過來，萊拉。」我說，她啪啪的跟著我。我開門讓她走到半昏暗的外面，再回來穿上衣服，打開柴箱。運氣不錯，箱子裡木頭滿滿的，我照慣例盡可能地讓爐子點著。可是我從來沒辦法一次就點起來，我父親就可以，不過只要有時間遲早都一定點得著。我姊姊也從來做不到。她每次都準備一大堆的乾柴，一堆撕成條的報紙和一個通得很乾淨的爐子，結果除了紙條其他什麼也燒不著。「這火到底怎麼才燒得起來啊？你可不可以告訴我？」她總是這麼問。我想念我的姊姊。她也在三年前去世了。死於癌症。什麼也救不了她，診斷出來的時候已經太遲了。隨著時間增長，她和我太太逐漸成了要好的朋友，晚上兩人經常通電話聊天，評論世界大事。有時候我也是她們談論的主題，兩個人對於「穿金褲子的小孩」——這是她們對我的稱呼——笑到翻天。你本來就是穿金褲子的小孩，不容否認的啊，她們邊說邊大聲的笑。我不介意，她們的笑聲裡不帶絲毫的惡意，那只是一種幽默，她們喜歡糗我。我一向太嚴肅，不過也經得起玩笑。她們說得沒錯，我一直很幸運。前面我已經說過了。

一個月的時間裡兩個人都死了，她們走了以後我失去跟人談話的興趣，我真的不知道要跟人談什麼。這是住到這裡來的原因之一。另外一個原因是，我跟森林太親密了，許多年前它曾是我生命中的一部分，親密的程度在日後沒有任何東西可及，後來它曾經「缺席」過好長一陣子，等到周圍的一切忽然靜止下來的時候，我才發現自己是多麼的思念它。很快的，我再也想不到其他的事了，如果我在那個時間點注定能夠活下來，那我非要奔向森林不可。感覺就是這樣，就那麼簡單。到現在依然如此。

我打開收音機。晨間新聞播了一半，俄羅斯的手榴彈大量投擲在格羅茲尼❽。他們又開戰了，不過就長期來看絕對不會贏，這事不用說都知道了；托爾斯泰在他一百年前寫的《哈吉·穆拉特》（Hadji Murat）中也已經知道了。真是無法理解，擁權者總是學不到教訓，到頭來真正瓦解的是他們自己。不過，現在整個車臣當然都有可能被徹底推翻，而今天的可能性當然又要比一百年前大得多。

爐子劈啪響得很好聽。我打開麵包盒切下一、兩片，再燒水煮咖啡，這時我聽見萊拉在台階上用她短而尖的聲音吠著。這是她撳門鈴的方式，跟她其他發出來的聲音很容易區分。我放她進來，她立刻跑去躺在愈來愈暖和的爐子邊。我為自己把早餐桌鋪排好，把萊拉的那一份放

❽ Grozny，車臣共和國首府。

進她的碗裡，但是她必須等著，不能馬上開動。這裡我是老大，所以我先吃。

白晝真的來臨了，打從森林邊緣開始，我傾身向前看著窗外，晨光中的景象不只是令我目瞪口呆而已。我的院樹，那棵粗大的老樺樹，已經被大風吹倒，躺在柴房和我的車子中間，巨大而不真實；最高處的枝椏幾乎伸到了廚房的窗子，另外一些枝幹都在車頂上，還有一些把柴房的排水槽扯裂了彎成好大一個V字形，垂搭下來把柴房的門整個堵死。我預先把柴箱裝滿真是做對了。

這景象說明了昨晚為什麼會有砰砰的撞擊聲。我不自覺的站起來，想要往外走，其實是毫無意識的動作。樺樹又跑不掉。於是我又坐下繼續吃我的早餐，繼續看著窗外，心裡想著該如何把這棵躺在我院子裡的大樹移走的計畫。首先要做的是拯救我的車子，再來把它移走。然後是那些枝椏，擋在柴房前面的那些更是，看有沒有可能讓我進入柴房。我不能沒有柴火，我不能沒有車子可開，這是不可或缺的大事。鏈鋸需要重新再銼磨，經過昨天一整日的重活已經不堪使用了，可能還需要加些汽油和二衝程的機油，這些都得好好的檢查一下，也都必須要用到車子，可是車子現在很可能動彈不得，我有一點惶恐，不知道為什麼。這不是什麼大危機，我來這裡是我自己的選擇。我的冰箱裡食物充足，水龍頭一開水就來，我要走多遠都隨自己高興，我身強體壯，我有的是時間。是嗎？好像不是。好像完全不是。這使我突然起了幽閉恐懼症。我隨時都有可能會死，事實就是如此，只是到了最近這三年才有所認知，可是我根本不理會，現在還是一樣。我看著樺樹。它幾乎佔滿了整個院子，大到鋪天蓋地的程度。我迅速的從餐桌站起來走進臥室和衣躺到床上，這一切都違反了我所有的規則，我瞪著天花板，我的腦袋轉得像「輪盤賭」裡的輪盤，那小球從紅色跳到黑色再跳回紅色，最後停在一只碗裡——當然這是一九四八年夏天裡的一天，或者更精確的說，是夏天過完的那一天。我站在小店前面的橡樹底下，抬起頭看著光線隨著風起風落浮動在茂密的枝葉間，閃閃爍爍的令我目眩令我拚命的眨眼，我眼淚流了下來，閉上眼睛便感覺到眼皮發熱，我聽著身後的流水，將近兩個月的時間我天天都在聽，我不知道在我聽不見它之後這河會是怎麼樣。

橡樹底下很熱。我很疲倦。那天我們起得很早，幾乎沒有交談的吃完早餐，然後就從小屋走上碎石路到橋頭，經過法蘭慈的家，太陽光一路照進了他敞開的門，明亮的刷過碎布毯斜斜的打在一面牆上，但是他不見人影，我覺得很難過，我好想念他。

巴士在陽光中等待，發動的柴油引擎使得車子不斷的震動。我要離開村子踏上回奧斯陸的長路，到艾佛倫再改搭火車。父親站在我後面，就在小店前面的廣場上，他一隻手按在我頭上輕輕撥弄我的頭髮，彎下身子說：

「你沒問題的。你知道在艾佛倫車站哪裡下車，要坐哪條線的火車，哪個班次。」他詳細的說著，彷彿這些話真的很有意義，彷彿十五歲的我非要經過一番指點才能單獨上路。事實上我覺得自己又長大了許多，只是我沒有表現出來，要是讓他知道了，只怕他一時間無法接受。

「這個夏天真的很了不得，」他說，「真的是沒話說。」他依然站在我後面，手也仍舊在我的頭上，只是不再揉弄我的頭髮，只是用力的拽著，幾乎把我拽到痛，我想他並沒有發覺，我也不說話，不叫他鬆開手。他再度彎下身子說：

「可是這就是人生。你從裡面學到許多，從發生的各種事情裡頭，尤其在你的年紀。不管什麼你都必須接受，過後記得要好好的思考，不要把它忘記，也不要怨恨。你明白嗎？」

「明白。」我大聲的說。

「你明白嗎？」他說，我點著頭再回答一次明白，他這才發覺他把我的頭髮拽得多麼用力，他鬆開手笑了一下，聲音輕到我無法分辨，我沒看他的臉。他說的話我都聽見，可是我不知道我是不是真的明白。我怎麼會懂呢？我不明白他為什麼用那些特別的字眼，之後我把這些話反覆想了上千次，因為他忽然把我扳轉過來，輕輕把住我的肩膀，一隻手又開始梳攏我的頭髮，瞇起眼看定我，嘴角半帶著我最喜歡的笑意，說：

「現在你上這輛巴士，到了艾佛倫搭上火車，就可以一路回奧斯陸了，我在這裡把事情處理完之後隨後就到。好嗎？」

「噢，」我說，「好。」我胃裡有一種冰冷的感覺，因為**這一點都不好**。這些話我以前聽過，在那一刻我對自己問了千百遍的大問題是，會不會有些事情他根本無法掌控，會不會他在當時已經知道他永遠不會「隨後就到」了。這是我們彼此間最後一次的見面。

§

後來，我當然上車了，我坐了下來將帆布背包放在腿上，轉頭看著車窗外的小店和河上的橋，橡樹底下閃動的樹蔭裡，我父親站在那裡，一具黝黑瘦高的身影。我看著天空，天空再也沒有像一九四八年的那個夏天，那個村子裡，那樣的寬廣澄藍。巴士繞了半個大圓圈開上大路，我把鼻子貼著玻璃，看著窗外慢慢揚起的塵土把父親藏進了飛旋的灰與土黃裡，在那種氛圍下我做的一切你也**應該**都會做；在那樣的情境下，我飛快的起身，從座位之間的走道奔向最後一排位子，我跳上去跪著，兩手巴在車窗上，望著大路一直望到小店和橡樹和父親全都在一個轉彎裡消失為止，而這一切，就好像是我們經常演出的電影，已經排演到滾瓜爛熟，這致命的道別是關鍵，電影裡主角的命運從此永遠改變，各自奔向未卜的前程，只有看電影的觀眾最清楚它的變化和結局。那些盯著銀幕，整個融入繽紛色彩裡的人，有的用兩手摀住嘴，有的坐在位子上咬著手帕任淚水決堤，有的拚命想把哽在喉嚨裡的硬塊往下吞，而另外一部分的人卻氣到幾乎要跳起來離開現場，因為在他們的生活中曾經親身經歷過類似的情形，教他們永生難忘——其中一個真的在黑暗中從座位上跳起來大吼：

「你這個爛人！」他指著橡樹底下現在只看見後腦勺的那個身影，這吼叫是為了他自己，也為了我，我真的謝謝他的支持。問題是在那一天的那個當下，我並不知道事情的演變會怎樣，沒有任何人告訴我！我根本無從得知背景中的內情。我只是不斷的在我的座位和後車窗中間像無頭蒼蠅似的奔來跑去，我一下子坐一下子站，在走道上來回地走，坐了這個位子又換另一個位子，在車上我一個人從頭到尾就這樣忙個不停。我看見司機的眼睛在後照鏡裡看著我，他什麼話也沒說。在印百答的前一站上來兩家人——河流在這一站轉了方向，消失在通往瑞典的森林裡——這兩家人有孩子和狗，還拖著一堆行李，有個女士帶了一隻母雞裝在籠子裡，牠不停的咯咯叫，我強迫自己乖乖坐回原來的座位，直到最後我終於睡著了，車窗砰砰的碰著我的頭，柴油引擎嗡嗡的在我耳邊唱歌。

我張開眼，感覺頭在枕頭上好沉重。我剛剛睡著了。我抬起手看手錶，發現自己只睡了半小時，不過很不尋常，畢竟我才剛起床，而且還起得很晚。我真的有那麼累嗎？

外面是大白天。我兩條腿甩過床沿坐起來的時候抽搐了一下，接著忽然一陣頭暈，整個人止不住的往前倒，要栽下去的時候我感到眼前一道光，一邊肩膀便先著地了。一撞到地上時，我就聽見自己痛苦的怪叫一聲。好了，我倒下了。痛苦不堪，這真是要命。我小心翼翼的呼吸，盡可能的不使力，但這很不容易做到。現在死未免也太早了吧。我才六十七歲，身強體壯，每天還會帶萊拉出去蹓躂三次，再說，我吃得很健康，不抽菸已經有二十年了。應該有辦法的。無論如何，我不要這樣的死法。我現在應該採取一些行動，可是我不敢，因為我怕辦不到，那到底要如何呢？我甚至連電話也沒有。我一直不肯下這個決定，因為我不想接近人。而現在，很顯然的別人也接近不了我，這我必須承認。尤其在這一刻。

我閉上眼睛靜靜的躺著。地板貼著我的臉頰，感覺冷冷的，有灰塵的味道。我聽見爐灶旁邊萊拉呼吸的聲音。我們早就該出去散步了，不過她很有耐性沒有來煩我。我有一點想吐的感覺。這好像說明了什麼，但又等於什麼也沒說。我只是想吐。我突然火氣上來，索性用力閉緊眼睛不看外面，轉著身子設法把膝蓋彎到身子底下，再用一隻手按在門框上，慢慢的、小心的讓自己站起來。儘管我的膝蓋在抖，但我成功了；我依舊緊閉著眼睛，直到暈眩的感覺完全消失之後才睜開了眼。我低眼一看，萊拉就站在我面前，用那對聰明的眼睛專注的望著我。

「乖狗，」我絲毫不覺得蠢的說，「我們出去吧。」

我們說走就走。我走到玄關，兩條腿還有些發抖，但穿上夾克扣釦子倒沒有什麼問題，我走到台階時，萊拉跟在我後面，等候我套上靴子。我非常專心的傾聽著自己的身體，試著在這一具雖老卻依舊精密的機組裡找出是否有哪裡出了毛病，可是這實在不容易確定。除了有一點點想吐的感覺和一邊肩膀痠痛，其他似乎都還正常。也許頭重腳輕的程度比平常嚴重些，不過這沒什麼奇怪的，畢竟在剛剛倒下之後，現在我已經能夠站起來了。

我儘量不去看那棵樺樹。可是很難，因為沒太多地方可看，而我的視線轉來轉去終究還是落到那上頭。我瞇著眼緊挨著屋子的外牆走，為了避開那些長長的樹枝，還得一面走一面撥開它們，好不容易，我總算到了車道。我背向著院子，開始踏上往河邊和拉爾司小木屋的路，萊拉舞著一身的黃走在我前面。我轉進橋邊的小徑，沿著溪流一直走到近河口的岸邊。十一月了，我看見了昨晚在起風的黑暗中我坐過的長凳，兩隻白天鵝在河彎的灰色水面上，光禿的樹木襯著蒼白的旭日，湖的另一邊，暗綠色的森林掩隱在向南的一片乳白色霧氣中。很不尋常的寧靜，就像小時候每個星期天的早晨，或是復活節前的星期五。手指頭啪噠一聲，都像一聲槍響。可是我聽得見萊拉在我後面的呼吸聲，蒼白的陽光戳著我的眼睛，突然間我真的要吐了，我彎下腰直接嘔吐在小路旁的枯草上。我閉起眼，感覺到頭在轉，真的很不舒服，要命。我再睜開眼。萊拉站在那裡看著我，然後她走上來嗅著我剛才嘔掉的東西。

「不要。」我的口氣出奇的尖厲。「走開。」她立刻轉身跑開，跑了一段停住了，伸著舌頭往回看。

「好了，」我說，「好了。我們走吧。」

我再開始慢慢的走。作嘔的感覺減輕了，如果我放輕鬆，應該可以繞湖走完一圈吧。真的行嗎？我不敢說。我用手帕擦擦嘴和額頭上的汗，走到蘆葦叢的邊緣一頭倒在長凳子上。我又坐在這裡了。一隻天鵝游過來靠岸。不久湖上就要結冰了。

我閉上眼，忽然想起昨晚的一個夢。這個夢很怪，我醒的時候就不在了，現在卻又清晰無比。我跟我前妻在臥室裡，那不是我們自己的臥室，我們還是三十多歲，我非常確定，我的身體可以感覺到。我們剛剛做完愛，我表現得很賣力，意思就是超乎平常的水準，至少我認為如此。她躺在床上，我站在五斗櫃旁邊，從鏡子裡看見我的全身，只有頭看不到。在夢裡我看起來很棒，好過真實的我，而我前妻掀掉鴨絨被，露出赤裸裸的身子，她那樣子看起來也很棒，真的很漂亮，但幾乎可以說是陌生的，不大像剛剛和我做完愛的那個女人。她用那種我最害怕的方式看著我說：

「你不過是許許多多人裡面的一個而已。」她坐起來，赤裸又沉重，是我熟悉的樣子，她的樣子令我厭惡到了極點也害怕到了極點，我大吼：

「休想，我不是。」接著我開始啜泣，因為我知道這一天會來臨，我發現這世上令我最害怕的就是作為馬格利特❾畫中的那個男人，在鏡子裡他一次又一次的，看到的只有自己的後腦袋。

❾ René François Ghislain Magritte，1898-1967，比利時超現實主義畫家。

第二部

十

法蘭慈和我兩個人在他那棟河邊小屋的廚房裡。由窗戶進來的陽光白花花的照在餐桌上，我們一人一個白色的餐盤，一只注了咖啡的白色杯子，咖啡是從他擦得雪亮的水壺裡倒出來的，這壺裡的水一直在爐子上煮沸著，不管夏天還是冬天，他說，只是夏天他會把窗子打開。廚房漆著這裡常見的藍色，據說可以擋蒼蠅，好像是有些道理。所有的家具都是他自己做的，在這間房裡感覺很舒服，我拿起罐子往杯裡加了些奶，讓咖啡比較清淡順口，不那麼濃烈。我半瞇著眼望著流過窗下的河水，一閃一閃的像千萬顆的星星，有如秋天裡的銀河，一條無止盡的潺潺溪流蜿蜒曲折在夜空中，在那一個廣垠的黑暗裡，你自在的躺在家鄉的峽灣邊上，背靠著斜斜的岩石仰望，望到眼睛發痛，望到整個宇宙的重量彷彿全部壓在你的胸膛，壓得你幾乎不能呼吸，或者相反的，你被抬了起來漂浮了起來，就像無窮太空中的人肉微粒，永遠不再回來。單憑這樣的想像，就能夠讓你有了一些遁世的感覺。

我回轉頭看見法蘭慈手臂上的紅星，在陽光下鮮明奪目，每次他動手指或是握緊拳頭，它就會像旗幟似的舞動。他很愛現。他很可能是個共產黨。很多伐木工都是，而且有很好的理由，我父親說的。

§

以下是法蘭慈告訴我的。

一九四二年，我的父親從北邊森林過來，要找一個靠近邊境可以掩人耳目的地方，方便他為抵抗軍帶文件信函甚至影片之類的東西前往瑞典，等到任務完成或行跡湮滅之後又可以再回來，也就是一個他可以再三利用的地點。他一點都不匆忙。他並不是在逃亡，也或許裝作不是。他沒有絲毫隱藏的意圖，很開放，對什麼人都很友善。他需要一個可以讓他思考的地方，他說，怪的是沒有人懷疑他的說法。他是從**那邊**來的。你去過**那邊**嗎？當有人難得去了一趟首府回來的時候，他們會這麼說。那邊的人就是不一樣，大家都知道，所以很合理。他要有一個可以讓他思考的地方；而一般人，隨時隨地都可以思考。這沒什麼好大驚小怪的。

只有法蘭慈清楚他真正的用意。他們兩個很早就彼此認識了，卻始終沒有見到面，直到那天我父親走上法蘭慈的台階，敲開門說出事先安排好的話：

「去不去？我們去偷馬。」

我從窗口轉過來瞪著法蘭慈說：「你說他說**什麼**？」

「他說『我們去偷馬』。我不知道是誰想出來的點子。大概是你父親吧，反正不是我。不過我知道他接著要說什麼。巴士帶來了印百答那邊的消息。」

「噢。」我說。

「我立刻喜歡上他了，真的。」法蘭慈說。

誰不呢？男人喜歡我父親，女人喜歡我父親，就我所知沒有誰不喜歡他，除了約拿的父親，也許。不過那是另外一件事，我猜想在不同的情況下他們根本不會彼此敵對，很可能早做了朋友。奇怪的是，這件事跟我日後所見的情形很不同，一個被許多人喜愛的人往往並不很出色不很愛出鋒頭，也不會刻意的去招惹人。我父親一點都不像這樣，他確實總是笑臉迎人，而且很愛大笑，不過他的笑是出於自然，並非為了投誰的所好，至少對我是這樣的。我很喜歡他，雖然有時候他會令我感到羞怯，那可能是因為我對他的認識度不如一般孩子對父親的那樣。過去這些年裡他經常出門在外，我們的國家有德國人在，經常一過就是幾個月的見不到他，等到他終於回來，像其他男人一樣走在大街上的時候，他總是有著某種我難以形容的與眾不同。可是每次回家他都會有稍許的改變，我必須要非常的用心才能「抓」得住他。

不過我從來沒有懷疑過我在他心目中的特殊地位，我姊姊也是，也許我的地位比她更特別，因為我是男孩他是男人，即使我們經常而且長時間的不在同一個地方，我也從來不會擔心我不在他的心上。一九四二年他來到這個村子的時候，我還在家鄉奧斯陸峽灣邊上我們住的屋子裡，每天上學，坐在那裡夢想著把德國人打敗之後我們要一起去旅行，從此遠走他鄉，而他正在這裡尋覓一個讓他可以思考的地方，照他的說法，他要利用這裡作為藏身之地，作為他前往瑞典給抵抗軍運送文件影片的一個基地。

法蘭慈親自帶我父親去看這間避暑的小木屋，它在戰前取消了回贖權，到這時候已經空了四年。巴卡插手進來，買下包括這間屋子的小農場，當然以很便宜的價錢，所以他成了這塊房地產的所有權人。這裡對他來說根本沒有用處，他隨它自生自滅，牛棚已經倒塌，也不再有任何牲畜進來。我父親一眼就看中了這個地方，尤其因為它位在河的東岸，走二十分鐘就到橋頭，再加上農場後面沒有其他建築物，連一間茅舍都沒有，一路到瑞典那邊的邊界。當然還不只這些。法蘭慈相信我父親很欣賞這裡，欣賞這裡的自在，凡是他認為想做和必須做的事，在這裡他都可以做得名正言順；割草，清理牛棚的殘餘把它燒掉，補強屋瓦，整頓河岸的矮樹叢，修理屋頂重建屋宇，更換新的窗框窗格。他用封膠修補爐灶，打掃煙囪，他還做了兩把新的椅子。所有的這些事情對他來說都是輕而易舉，這些事在奧斯陸我們租來的屋子裡根本沒有時間也沒有自由去做，我們租的地方是在一棟三層樓式的瑞士農家，我們住在二樓，三個房間一個廚房，緊鄰著萊安車站，可以看見奧斯陸峽灣靠內側的一小部分和白尼峽灣。

他並不打算在這裡長住，他只要讓人家習慣在河的另外這一邊看見他，看見他爬在屋頂上或是閒在院子裡或是坐在河邊的哪塊石頭上思考，照他的說法，因為他必須靠近水才能思考。這當然是有點怪，不過也無可厚非，他們會看到他肩上搭著空袋子穿過巴卡的牧草地一路往小店走，時間大約都在印百答和艾佛倫開過來的巴士到達的時候，或者看見他揹著一堆補給品和另外一些日常用品往回家的路上走。每次他帶著該傳遞的物件去瑞典交給某個特定的人，再利用夜晚做掩護通過邊界回來這裡，他總有辦法趕在回奧斯陸之前找出好幾樣可以再做修正改善的東西。這樣一來他就可以待得久一些，再除一次草或是在離開前砌好煙囪周圍的磚頭，原來的磚塊從上到下都裂了，很可能崩塌下來砸中哪個人的腦袋，他就是以這樣的方式過了兩、三年「一邊一國」的生活——而我們，他在奧斯陸的家人，完全蒙在鼓裡。當初我坐在法蘭慈的廚房裡，並沒有想到他會跟我談起我的父親，我哪裡知道父親早在五年多以前就把自己安頓在巴卡的破落小農場裡，在挪威加入戰爭的第二年，他讓自己成為最後一條連接瑞典的情報線路，展開了他們所謂的「交流」。直到許多年以後我發現，這才是他的行事作風；他在這個濱河小村子裡度過的時間，絕不少於他跟白尼峽灣邊居住的我們。可是我們不知道也不會想到，會有這樣的一個地方；我們從來不知道他在哪裡。他出門了，然後他又回家了。一個星期，或是一個月，我們慢慢習慣了沒有他的生活，一天過一天，一星期過一星期。可是我常常思念他。

法蘭慈說的這一切對我都是新聞，我毫無理由懷疑他說的話。為什麼是他來告訴我那些時候的事，我父親卻從沒提過，這是我坐在那裡聽他不斷往下說時沉思的一個問題，我不知道可不可以問他，問了之後不知道可不可以得到一個我信得過的答案，他必定以為我已經知道了全部，只是好玩的想聽聽另外一個版本。我也不知道為什麼我的朋友約拿或是他母親、他父親，或是店裡那個我常常跟他聊天的男人，或是巴卡或是不管別的什麼人，都不跟我提起我父親在四年前就如此頻繁的出現在這個村子裡，雖然是在河的另外一邊，那一間避暑的小木屋裡，他幾乎就算是這裡的一個居民了。可是我沒有問。

最靠近教堂和小店的農場上，有一個永久性的德國巡邏站，他們剛剛徵收了一間農戶，把那一家人硬生生的趕進已經擁擠不堪的佃農之家。這裡經常會有一個衛兵在橋頭的碎石子路上站崗，他肩膀上扛著一管繫了槍帶的小型輕機槍，長官不盯著的時候，他嘴裡總是叼著一支菸。有時候他乾脆在岩石塊上坐下來，輕機槍擱在他面前的地上，摘掉頭盔狠狠的把壓扁的頭髮抓個夠，抽著菸定定的瞪著自己的膝蓋和那雙擦亮的皮靴中間，直到香菸燒到了手指才勉強自己站起來。他後面的河水急切的衝著，那聲調在他聽來從不改變，他們在這裡很無聊，啥事也沒有，戰爭都在別的地方。但是總好過東歐的前線。

我父親決定採取這條路線，經由這座橋，走過法蘭慈的屋子上到河東邊的碎石路，他都會先停下來跟德國警衛閒聊一會，他的德國話說得相當好，那個時期很多人都能說，這是你在學校必學的一種語言，不管你想不想或要不要，即使到了七十幾歲也一樣。警衛每次都不是同一個人，只是他們看起來長得都好像，沒有誰分得出來，也沒什麼人對他們感興趣，就當他們根本不存在，那些學會的德國話也忽然都忘光了。但是，我父親很快就知道了每一個警衛的來處，在德國有沒有太太，喜歡的是足球還是競技或者游泳，想不想念自己的母親。他們都比他小上十到十五歲，有時候更多，他跟他們很貼心的交談，一般人很難做到的。法蘭慈從窗口可以看見我父親站在那穿著灰綠色制服的男人面前，或者應該說是男孩面前，兩個人互相遞著菸，一個為另一個點上火，這是由誰出菸來決定，點火的時候習慣把火柴圈在手裡，即使根本沒風，兩個人親密的弓著身子就著那小小的火焰，如果在傍晚，那火光在他們臉上亮起一團黃彩，他們站在碎石子路上站在靜止的空氣裡，聊著天抽著菸，直到香菸成了菸蒂，扔到地上踩在靴子底下把它掐滅，然後我父親舉起手說「gute nacht」（晚安），回應的是一聲充滿感激的「gute nacht」（晚安）。他走下橋，一個人含著笑踏上小木屋的路，背上搭著破舊的袋子和一袋子的東西。他知道如果他做出任何突兀的動作，像是突然轉身拔腿開跑，那德國男孩鐵定會以迅雷的速度摘下肩膀上的輕機槍大喝一聲：「停住！」如果他不停住，會有一串連發的子彈衝著他而來，或許就這樣被射死了。

另外一些時候他會帶著半滿的袋子，從大路轉進巴卡的牧草地，沿著圍籬再划船過河。他在路上遇到人都會揮手，不管是德國人還是挪威人，沒有誰會制止他。大家都認識他是誰；他是重建巴卡那間小木屋的人，他們問過巴卡，他確實做了轉讓認證。他們到過那個地方三次，果然找到很多工具和兩本漢姆生⑩的書，《鍋子》和《飢餓》，這些東西他們都開心接受，之

---

⑩ Knut Hamsun，1859-1952，挪威作家，1920年諾貝爾文學獎得主，作品有《山林之神》等。

外並沒有發現任何可疑的東西。他是一個定期乘巴士離開村子去外地住一段時間的人，因為他手上有好幾個類似的案子，他的邊界居住證沒有任何問題，他其他的文件也沒有問題。

我父親保持這條連線兩年，整個夏天和冬天。他不在小木屋的時候，邊境的事就由村子裡的人代班跑腿，法蘭慈代過一、兩次，約拿的母親在走得開的時候也代過，不過危險性相當大，因為這個區裡的人彼此都認識，日常作息彼此也都很清楚，有任何額外行程都會受到注意，並且記載在日誌裡作為日後了解彼此之間的生活紀錄。他回家了，對這項「交流」不知情的人仍舊不知情。這些人裡面有我、我母親和我姊姊。有時他直接從巴士取得「郵件」，或者在小店裡，不管是打烊前或打烊後都行，其他時間由約拿的母親來收取，趁她划船送巴卡叫她燒煮的食物過來的時候，因為工人要吃飯，非來不可，好像他自己沒辦法對付煮飯的爐子，非得要個女人來幫手才行。這真有點怪，我心想，大小事他幾乎都能上手，偏偏這件事他需要幫手。其實他烹調的手藝不下於我的母親，但那是要在逼不得已的時候，我知道，我親眼看過也嘗過無數次，只是他對這類的事情比較懶，所以只有我和他兩個人時，我們就吃所謂的「鄉村簡餐」。煎蛋，最常吃。我一點都不反對。我母親掌廚的時候，我們吃的就是她所謂的「正常餐」。這是指我們有錢的時候，但這種時候不多。

約拿的母親一個星期過河一、兩次，不管帶不帶食物，不管有沒有「郵件」，她算是充當我父親的廚子，好讓他有正常的三餐可吃，不至於病倒，因為那些營養不均衡的獨居男人一般都因此而沒有力氣做自己想要做的大事。巴卡在店裡就是這麼說的。

約拿的父親沒有參加。他並不反對他們所做的事，沒人聽見他說過什麼閒話，至少法蘭慈沒聽過，只是他不願意跟這項「交流」有任何的瓜葛。每次只要有情況出現，他就裝作沒看見，在他太太帶著食物籃踏上漆了紅漆的小船划向我父親的時候，他裝作沒看見。甚至有個陌生人抱著一只拴得死緊的手提箱，頭上戴著一頂城市帽，在薄暮中靜靜出現在他的穀倉裡，獨自坐在車輪上，穿著這一身不合時宜的服飾，沉默困惑地等待天黑，他也裝作沒看見。到了夜裡就要用小船把這人送去上游，不出半點聲音，先穿過院子，再到小碼頭，路上不說話、不亮燈，他對這件事也不表示任何意見，不管在當下還是事後，縱使這人是個開頭，是往後陸續來的幾個人當中的第一個，現在經由這邊村子過瑞典邊界的不僅只是「郵件」而已了。

時序已是深秋，有雪，河水還沒結冰，你還可以在河裡划船。這可是件好事，因為那一天的大清早，法蘭慈說得好，在公雞都還沒從立腳的地方栽下來之前，有個穿西裝的人摸黑在幹道邊下了車，揹著包包踏雪走上農場的路直接進了約拿的院子。那人穿著夏天的薄底鞋，一條寬鬆的褲子，凍個半死，他的腿一直抖，抖得兩條褲管從臀部到便鞋一路不停的晃，約拿的母親披著披巾走上台階，胳臂底下夾著一條毛毯。真是一個很怪異的景象，這是她在一九四五年的五月從瑞典回來的時候親口說給法蘭慈聽的，簡直就像馬戲團表演。她把毛毯遞給他，帶他到穀倉，整個白天他都得待在乾草堆裡直到黃昏，將近十二個小時，因為五點左右天就黑了，要到五點他才可以出來走動。可是那人無法接受。他在裡面瘋了，約拿的母親說，到兩點鐘他就開始抓狂，開始吼一些奇奇怪怪的話，掄起一根鐵棒亂揮亂打，梁柱上的木屑紛紛的落下，還敲壞了好幾個乾草車床。在院子外面聽得很清楚，說不定連上游也聽得見，因為沒有風，他的喊叫聲可以清楚的傳送到河上；甚至在大路上也聽到了，那條路德國人一天起碼開來兩、三次示警。接著，牛棚裡的牲畜也開始騷動。布拉米娜哀嚎著猛踢馬廄的牆壁，牛群在圍欄裡哞叫，彷彿春天已經來到，牠們急著要去牧場，這件事非得儘快解決不可。

他必須離開穀倉。必須把他從河上送走，一分鐘都延誤不得了。可是這樣的大白天，在曠野地上老遠就能看得清清楚楚，加上光禿禿的樹林，地上又有積雪，任何東西都無所遁形，從路口一眼就能望到河流。可是他不走不行。約拿還沒有放學，雙胞胎在廚房裡玩耍。她聽見他們在地板上翻滾嘻笑，像平常一樣的打打鬧鬧。她靜靜的穿上保暖的衣服、帽子、手套，走下台階走過院子走到穀倉，她的丈夫在長沙發椅上醒了站起來，這裡我也許有些誇張也許不是事實，不過到現在我仍相信當時一定有一個鬼怪進入了屋子把他拉起來、把他拽到玄關，玄關那盞不加燈罩的燈泡從來也不關，為了幫夜行的人看清前面的路，框著他長鬍子父親照片的金色相框掛在掛衣鉤上，他恍惚的站在那裡沒穿鞋，門是刻意的朝外開，天氣轉壞的時候大雪才不會打進來——這一次，約拿的父親不想再裝作沒看見，他牢牢的盯著她。即使在背後她也感覺得到他站在那裡，這真的令她有些詫異，不過她並不回頭，只是拔掉門閂打開穀倉的門走進去，在裡面待了很久很久，幾乎像永遠出不來了。他站在原地，盯著。終於她跟那個陌生人一起走出來，她穿著保暖的靴子和夾克，他穿著西裝和夏季便鞋，灰色的袋子搭在背上。只是現在他在西裝底下加了件套頭毛衣，西裝上衣顯得又繃又鼓很不登樣。他手上不再有任何「武器」，她直接牽著他的手，他現在很謙順，幾乎是軟癱無力，也許經過那一場計畫之外的發作之後筋疲力竭的緣故。他們朝著小碼頭的方向往外走，院子走過一半的時候她忽然轉身回頭望。他們的腳印在雪地上極明顯，先是陌生人在巷道裡的足跡，再來是她自己的，從屋子走出來，最後兩組就是從穀倉到他們現在站的地點。尤其那雙城裡人的夏季鞋特別引人注意，它完全不像這個時候這個地區其他人穿的鞋子，她望著地上，咬著嘴唇努力動腦筋，那人又躁動起來開始扯她的衣袖。

「走啊，」他用壓低的尖音說，「我們快走啊。」他的口氣像個被寵壞的孩子。她抬頭看見自己的丈夫仍舊站在門口。他個子很魁梧，整個把門口堵住了，一點燈光都透不出來。她說：

「你來踩著他的腳印走。沒有選擇的餘地。」

她吐出這兩句話的時候他的臉變得有些僵硬，她不看也不管，因為穿西裝的人很不耐煩，他已經甩開了她的手臂逕自往小碼頭走，她急忙跟上去，不久兩個人便消失在屋外看不見了。

約拿的父親腳上只穿著襪子站在那裡，看著院子。在寂靜中他聽見他們上了小船，船叉上的槳在下水時隱約出現的潑水聲，鐵架碰撞木頭時很有節奏的嘎吱聲，他的妻子在划船了，用她強壯有力的胳臂，這兩條手臂他太熟悉了，曾有過那麼多個夜晚，那麼多年的相擁纏綿。可是現在，她又要到上游去看望住在小木屋裡那一個從奧斯陸來的男人。每次只要出了問題她必去那裡，現在小船上更載了一個全身發抖的白痴，這人很可能也來自跟他相同的城市。時間近正午，雪地的反光十分刺眼，他朝院子瞥過最後一眼，做出了一個會令他後悔不已的抉擇，他關起門走進客廳坐下來。兩個雙胞胎仍舊在廚房裡玩，隔著牆他聽得見他們的聲音。對他們來說一切都還是原來的樣子。

十一

我凝望著湖，在長凳上坐了很久。萊拉四處奔跑，我不知道發生了什麼事，有些東西從我身上悄悄的溜掉了。作嘔的感覺沒了，我的思緒清楚了，我覺得輕飄飄的。好像被人救活的感覺，從船難，從著魔，從惡靈，有個大法師來過又走了，把所有的混亂一併帶走。我無拘無束的呼吸著。未來還在。我想到音樂，我很有可能去買一架CD唱機。

我從橋上走向斜坡，萊拉跟著我，我看見拉爾司站在我的院子裡。他一手握著一把鏈鋸，一手抓住一根樺樹樹枝。他搖著樹幹，哪搖得動，樹枝只有稍微動了動。這時陽光更黃了，強烈的打在我臉上。拉爾司戴著一頂軍官帽，他把它拉低到遮著眼睛，聽見我走過來他便轉身，他的頭幾乎整個往後斜才能從帽緣底下迎上我的視線。撲克和萊拉在玩拔河，就算樺樹堵著院子也照樣玩，裝腔作勢的打打鬧鬧，又哮又叫的在柴房後面的草地上打滾，快樂得不得了。

拉爾司咧著嘴再次搖晃著樹枝。

「我們要不要把它處理一下？」他說。

「好啊，請。」我帶著最真誠的笑容說。我是真心的，心情是處於輕鬆的狀態。我想我一定會喜歡拉爾司；雖然不是很肯定，不過有可能。這個我不會感到意外。

「你最好先把那根樹枝鋸了，」我指著把排水槽壓垮又壓住柴房房門的那一根樹枝，「因為我的鋸子在裡面。」

「等著瞧吧。」他說著拉開鋸子的阻風門。他鏈鋸的牌子是「哈斯克伐那」，不是「強生」，但這居然又讓我感到很輕鬆，好像我們在做一件不准做卻又實在很好玩的事情。他把鏈帶拉了一、兩次，然後啪的闔起阻風門，穩穩的抓住鏈帶一面拉一面把鋸子往下送，鏈鋸發出一陣漂亮的吼聲，一瞬間那根樹枝就鋸了下來分成四截。門上的障礙解除了。這真是賞心悅目的景象。我把垂垮在排水槽上的樹枝推開，走進去取我的鏈鋸，它還在我原來放的位置上，我順便把黃罐子裝的汽油帶出來，裡面還剩了些油。我把鋸子側放在草地上，蹲下來旋開油槽加入汽油，油量很快上升。一下子，整個汽油罐都空了，一滴油都沒灑出來，我的手很穩，有人在旁邊看的時候這樣的表現真好。

「我柴房裡還有一、兩罐汽油，」拉爾司說，「夠我們用的了。不必事情做到一半的時候趕著去村子裡了。」

「真的不必。」我的確不希望這麼做，但也不想現在這個時候去村子裡。我不需要任何採買，今天不是做那些無謂社交的日子。我發動「強生」，很幸運的一發就動，我和拉爾司，我們合力進攻樺樹，從兩個角度切入；我們這一對手腳不算太靈活，年紀介乎六、七十歲之間的男人，頭上戴著耳罩，對抗鋸子吃進木頭裡發出那令人耳聾的呼號，我們彎身在樹幹上，手臂儘量往外撐，以防萬一那危險的鏈子一個不順心反衝過來。我們先對付那些樹枝，把它們齊樹幹切除，再鋸成合適的長度，凡是不能用來當柴火的全部鋸掉堆成一堆，到時候劃上一根火柴，燒它一個十一月黑夜裡的熊熊營火。

我喜歡看拉爾司工作的樣子。我不能說他很俐落，可是很有條理，他抓著重重的鏈鋸對付樺樹樹幹的時候要比帶著撲克在路上走的時候來得優雅。他的風格感染了我，我一貫的作法就是這樣；先有行動再做理解，漸漸的我發現他不管是彎腰，移動，扭轉，斜靠，都是一種很合邏輯的平衡法，讓身體的重量和鏈鋸在緊咬樹幹時的拉力配合得柔軟順暢，所有的這些動作都讓鋸子更容易切入目標，對人身可能造成的傷害減到最低，尤其在那種毫無掩蔽的情況下：前一分鐘還壯得刀槍不入的樣子，很可能下一秒就散掉了，忽然像個四分五裂的洋娃娃，所有的一切就此徹底永遠的毀了——我不知道他，拉爾司，在那樣沉穩的揮舞著鏈鋸的時候是否也這麼想。他可能沒有，可是我有，好多次了，從我一開始想起那件事我就再沒有辦法停止，這個想法真的讓我高興不起來。雖然它毫無關聯，我早已習慣，但我確信他母親的心中充滿類似的想法，就在她全心全意的把小船划向上游之際，在一九四四年深秋的那一天，拉爾司在廚房地板上開心的跟雙胞胎弟弟奧得嬉鬧，完全不知道周圍出了什麼事，會導致什麼樣的情況，更不知道三年後他會把雙胞胎弟弟奧得一槍打死，用他大哥約拿的槍把他的身體打到開花。誰也不可能會知道，屋外覆雪的田野上亮著鐵灰色的天光，水面上他母親努力表現得像平常一樣的來去避暑小木屋。

我可以清楚的看見這幅畫面。

她戴著她的藍手套並緊握著槳，她的靴子撐著船底板，急促的喘息中她不斷哈出白色霧氣，那穿著夏季鞋的陌生人窩在船底她兩條腿中間，他懷裡緊抱著絕不離手的灰色袋子，仍是一條單薄的長褲，他一絲暖意都沒有。他抖得太厲害了，把船板震得咚咚作響，簡直就像一個二衝程的馬達在試車；她從來沒碰見過這種事，只怕遠在岸上都能聽見她船上的新「引擎」了。

我可以清楚的看見這幅畫面。

邊上掛著一個車斗的德國摩托車穩穩的駛在初雪的大路上，好巧不巧的轉進了那戶農家的院子，看不出有任何目的，誰也不清楚這名騎士要來做什麼。也許他只是太寂寞，渴望找個人說說話，或者急著想抽支菸，卻在點火的時候發現最後一根火柴用光了，所以過來借一盒火柴，在抽菸的時候還可以有人陪他站在那裡，看看風景和河流，在這一刻他只想找一個來自不同國家的人一起抽一支單純不過的香菸，遠離戰爭的醜惡，除此以外再沒有誰能猜到什麼更好的理由了，無論在當下或是以後。總之，他把摩托車停在院子裡，下了車不慌不忙的走向農戶家的大門。但是他永遠也走不到了。他忽然停下腳步，注視著地面，他開始來回的走，然後兜個圈子，蹲下來，最後他走出院子朝著河流的方向直接走上了小碼頭。在他無邊黑暗的心中忽然冒出了一點亮光。硬幣投對了投幣機裡的位置，清楚的聽見「喀答」一聲。現在每件事情都清楚了。事不宜遲。他往回飛奔上了摩托車，用力踩油門，要命的是馬達發不動，他一試再試又再試，突然車子「醒」了，他巴住手把呼嘯著上了車道，車子轉上大路，掛在邊上的空車廂一路濺著雪花喀啦啦的狂響。在轉彎角出現的是約拿，臂膀夾著書包走在放學回家的路上，他聽見摩托車的聲音，正準備跳進溝裡免得被輾過傷殘一輩子。這一摔，書包的搭扣斷了，裡面的書本拋得到處都是。那個士兵完全不理會，反而加足油門消失在小店和教堂的十字路口，和那一座跨河的橋。

我可以清楚的看見這幅畫面。

約拿在雪地上撿拾散落的書本時，他的母親還在河上，那個穿西裝的男人也還平貼在船底。船上載著兩個人再加上逆流，即使這個時節水勢不算太強，划起來還是非常吃力，進度很慢。離木屋還有一大段距離，我父親這時趴在工作房的桌上在做木工，根本不知道她正在來的路上。小船裡的男人一面抖一面發著囈語，

再哭一會再開始囈語，划槳的女人懇求他安靜，他緊抓著包包的帶子完全迷失在他自己的世界裡。

法蘭慈站在廚房裡，窗戶開著，他從森林幹活回來把爐火撥得更旺了些，現在屋子裡太

熱，必須放進來一些新鮮的空氣。仍是大白天，他站在那裡抽著菸，想著自己到底為什麼始終沒結婚。每年這個時候，剛開始有了寒意，他就會想到這個問題，而且一直持續到耶誕節以後，但是等到新年一開始他就拋開了。缺乏機緣並不是理由，只是每當他站在敞開的窗口抽菸的時候，他硬是想不起真正的理由到底是什麼，而在這一刻，一個人住的處境似乎顯得可笑又荒謬。就在這同時，他聽見一輛摩托車速度驚人的從河那一邊疾駛過來。橋距離他的屋子五十公尺，橋對面再走二十公尺是站崗的衛兵，他穿著灰綠色的長大衣，那管輕機槍矗在肩膀後面，又冷又無聊的樣子。他也聽到摩托車的聲音了，音量愈來愈大，他轉身朝那個方向走了幾步。現在法蘭慈看見駕駛人戴頭盔的腦袋從密林後面出現了，馬上整輛摩托車都露臉了，駕駛趴在手把上好讓風的阻力降到最低，再幾百公尺就到達十字路口。整個白天霧茫茫的，太陽西下的時候，東南方忽然拋出一道金光斜斜的罩著山谷，照亮了河和河上的一切。耀眼的光刺進了法蘭慈的眼睛，把他從婚姻，從一長排金髮和黑髮候選人的白日夢裡驚醒，他驚覺自己盯著路上看的東西究竟是什麼了。他把香菸往外一扔，急轉身衝到玄關，從皮帶裡抽出一把小刀，跪下來捲起碎布毯。地板上有條裂縫，他把刀子用力戳進裂縫再往前一扳，連在一起的四塊木板應聲而起，他把木板推開把手探進底下的空間。他早就料到會有這樣的一天。他都準備好了。沒有猶豫的時間，連一分鐘也不能遲疑。他從那個小空間取出一根雷管，快速的檢查一遍引線位置，確定沒有糾結，他把雷管平放在膝蓋中間，做了一次深呼吸，穩穩的抓住把柄，用力一捶。他的屋子在震動窗戶在亂響，他再呼一口氣，把雷管放回原來的小空間，把四塊地板重新合在四方缺口上，捏緊拳頭把它敲定，再把毯子鋪回原位，看上去一切都跟一分鐘之前一樣。他站起來跑到窗口看。橋震得粉碎，有些木質建構的部分還在半空中迴旋就像是電影裡的慢動作，在爆炸後忽然的寂靜中慢慢的旋回地面，有些木板奇特無聲的擊中河岸的石頭，有些落進河裡順水漂流起來，所有的這一切法蘭慈似乎都像是透過玻璃看到的，雖然窗戶明明開著。

斷橋的另一邊，那警衛頭朝前撲倒在地上，離法蘭慈最後看見他的位置有好一段距離。那摩托車沒有及時趕上，現在它慢了下來，幾乎試探性的慢慢移向雪地上的「屍體」然後停住。摩托車騎士下了車，摘掉頭盔夾在臂膀下，彷彿是去參加一個喪禮，走完最後幾公尺的路，對著地上的警衛低下了頭。一陣強風扯動了他的頭髮。他只是個大男孩。他跪倒在這一個可能成為好朋友的人身邊，就在這時那警衛用兩隻手撐起自己，他沒有死。他維持著這個姿勢，看得出是在嘔吐，然後他拿輕機槍當支撐站了起來，那騎士也站起來，傾向前對他說了些話，可是那警衛搖搖頭指指自己的耳朵。他什麼也聽不見。兩個人轉過頭看橋，橋已經不在，他們奔向摩托車，警衛跨進車斗，騎士則坐上駕駛座掉轉車頭。不是朝著巡邏隊駐紮的農舍，而是回到他剛才的來時路，他不顧一切的催足油門，車斗載了一名乘客，所以車子發動起來很辛苦，不過很快恢復正常。幾分鐘之後摩托車一駛過巴卡的農場，速度就非常之快，過不久，路上一個急轉彎，兩個人幾乎完全側倒，就好像強風中一艘要轉向的帆船必須藉此保持平衡。一剎那間，車斗整個離開了地面，摩托車在被雪覆蓋的田野裡咆哮，正對著圍籬和大門直接衝撞過去，根本不等開門，門閂木條四面八方亂飛打到他們的頭盔，他們不停，門柱之間的寬度恰恰好。他們緊貼著鐵絲網疾駛，一路踢踢踏踏的擦過圍籬的柱子，摩托車上下彈跳，兩邊搖晃的壓過草叢沿著小徑直奔河邊。這是我父親去小店取「郵件」的必經之路，也是我和約拿習慣走的路；不過就在四年後，我的朋友約拿在某一天從我生命中消失了，因為他的一個弟弟射殺了另外一個弟弟，用的是他——約拿——忘記把子彈下膛的槍。那是個炎熱的夏天，他是兩個弟弟的守護者，一瞬間，所有的一切全都變了樣，全部被摧毀了。

河的另一邊，約拿的母親剛剛把小船泊在我父親常用的小船旁邊，她跳上岸，拚命把船往岸上拉，不讓它給水流拖走，帶到不該去的河岸上。穿西裝的男人猴急的站起來，沒等她收拾好就笨手笨腳的想往外跳。當然不成功。她猛力一拉船頭，那男人往前一跌，跌倒的時候他兩隻手還緊扣著包包，他的頭就此撞上了座位板。她幾乎哭了出來。

「該死，**你就不能做對一件事嗎？**」這女人吼起來，她這輩子難得冒出一句罵人的話，雖然明知道不該大呼小叫，她實在忍不住。她拽起他的上衣，使勁一甩，就像甩一只不會反抗的麻袋似地把他甩出船外。在站直身子的同時，她聽見也看見了對岸的摩托車，我父親緊急的衝出工作房，他也聽到了車聲，立刻知道不對勁了。他看見他們在河畔的小路盡頭，約拿的母親戴著帽子和手套，那穿西裝的陌生人趴在小船邊的地上，而那輛摩托車，就停在河岸邊布滿砂礫和鵝卵石的最後一道斜坡上。

「給我站起來！」約拿的母親對著西裝男人的耳朵尖吼，扯他的上衣，而那個穿德國軍服的男孩大喝：

「停！」他衝下斜坡，警衛緊跟在他後面。他是不是也用德語喊出了一個「請」字？這話是法蘭慈說的，但他很確定那個年輕的士兵確實這樣喊著：「bitte（請你），bitte。」總而言之，他們在水邊停住了。他們不想往下跳，水太冷也太深了，如果他們游到對岸，鐵定會成為無助的靶子，然後隨水漂流到更遠的彼岸，一年裡的這個時候水流不算最強但也夠嗆的。後面的斜坡頂上，摩托車呼得像一頭喘不過氣來的動物，他們從肩膀扯下輕機槍，我父親放聲大喊：

「快跑啊！」他自己帶頭衝，衝向河流穿過還沒有經人砍伐過的樹林，他東歪西拐的利用那些寬闊的樹幹做掩護，這時候，在另一邊的那兩個士兵開始射擊。最先的幾槍是示警，槍聲劃過從小船下來動作奇慢的那兩個人頭頂，他們聽見子彈打到樹幹迸裂的力道，那一種怪異的聲音她永遠不會忘記，約拿的母親事後這麼說。任何東西都沒有像那特殊聲音令她深怕不已，感覺上彷彿松樹都在呻吟，這時他們真的瞄準了，立刻射中了西裝男人。他深色的上衣襯著白色的河岸是最明顯的目標，他放開了包包，直挺挺的倒向雪地，口中喃喃的說出了幾個字，聲音小到約拿的母親幾乎聽不見：

「噢，我就知道。」

接著他開始往下滑，從斜坡滑向小船，經過那棵突出在河上歪扭的松樹，他還在繼續的滑，直到其中一隻鞋子碰到了河水。他們再度開槍，他不再出聲。

我父親在小徑上停了下來，靠一棵雲杉做掩護。他叫著：

「撿起包包跑過來！」約拿的母親把包包抓在她的藍手套裡，矮著身子左閃右躲的向前奔跑。也許是因為從來沒有殺過人的緣故，那兩個士兵忽然不再認真的開槍了，也或許因為在逃的是個女人；現在，他們開槍純粹在嚇唬人而已，約拿的母親毫髮無傷的跑上小徑，跟我父親一起直奔小木屋，兩個人衝進屋子裡把我父親藏著的一些最重要的東西和文件挑揀出來。從窗口他們看見兩輛車子越過田野飛馳過來，士兵們紛紛從車裡跳出來奔下河去。我父親把所有重要的東西都塞進西裝男的包包裡，再用一塊布裹住。他們從後面的窗子爬出去，兩個人的衣服外面都罩著我父親的白色長襯衣。他們逃了，手牽著手，或多或少牽著手吧，一起逃向了瑞典。

太陽光不斷在移動，藍色的廚房變得陰暗，我杯子裡的咖啡冷了。

「為什麼你要告訴我這些我父親從來不提的事呢？」

「因為是他要我說的，」法蘭慈說，「在機緣到的時候。現在，就是了。」

十二

我和拉爾司在忙著處理樺樹的時候，天氣漸漸轉冷了，太陽不見了，風起了。灰色的雲層漫天飄過像一張鴨絨毯，最後一抹藍色也被推擠到東邊的山麓，終於消失不見了。我們稍作休息，直起僵硬的背脊，儘量表現出沒有問題的樣子。我的表現並不順利，我必須用一隻手支撐著脊椎才能慢慢撐直，有一會兒的時間，我們兩個都別開視線不看對方。拉爾司捲起一支菸點上火，他靠著外屋的門平靜的抽著菸。我想起做完苦工之後一支菸的感覺多麼美好，尤其是跟工作的夥伴一起，這麼多年來頭一次我懷念起這種感覺。我看著那一堆木頭，那裡還坍著一大截的樹幹。拉爾司也在看。

「不壞，」他帶著笑意沉穩的說，「快到一半了。」

萊拉和撲克也累壞了，牠們並排躺在台階上大喘氣。鏈鋸已經熄火，周遭安安靜靜。開始下雪了。現在才下午一點鐘。我抬頭望天。

「該死。」我大聲的說。

他跟隨我的眼光。「成不了氣候的，時間太早，地面還不夠冷。」他說。

「有道理，」我說，「可還是讓我很擔心。說不出為什麼。」

「你很怕積雪嗎？」

「哎，」我覺得臉一紅，「也是啦。」

「那你應該找人來幫你清理。我就是這麼做的。阿良，就這條路上的一個農夫，他隨時都會出現，已經幫我清理好幾年了。要不了多少時間，他只要用鏟雪機在我們這條路上來來回回的走一遍，就行了。頂多花上十五分鐘左右。」

「對，」我說，清了清喉嚨再繼續，「就是他，昨天我在便利商店打電話給他。他說沒問題，一次七十五克朗。你是付他這個數目嗎？」

「是啊，」拉爾司說，「是這個數目。這樣一來你就安啦。這個冬天一點問題都沒有了。一切就隨它，」他帶著近乎惡意的口氣說，身子往後一靠仰望著天，「下就讓它下吧。」他滿不在乎的笑著。

「怎麼樣，咱們繼續？」他說。

他的態度很有感染力，我真的很想繼續了，但同時也令我十分的錯愕，這麼一件簡單又必要的工作，我居然需要依賴別人給我動力。這不像是我沒有時間，而是我內在的某些東西在改變；是「我」在改變，從一個我所熟悉又盲目依從的人轉變了。而這個人被喜愛他的人叫做「穿金褲子的小孩」，他只要把手伸進口袋，就有掏不盡的閃亮金幣——如今，我便從這樣的人，轉變成一個我不太熟悉，也不知道口袋裡會掏出些什麼雜碎的人，我不知道這個變化已經暗中進行了多久。三年吧，或許。

「哎，當然，」我說，「咱們繼續。」

忙完後我請他進屋裡來，這個絕對應該。現在雪下得相當大，不過還不到蓋地的程度。還差得遠。我們把比較驚人的幾堆材枝疊靠在外牆上，就堆在從枯死的雲杉鋸下來的木料旁邊。院子打掃得很乾淨，除了大樹根，我們決定明天一早用鐵鍊和車子把它拖走。鐵鍊在拉爾司的車庫裡。不過今天算了，我們又累又餓又渴，想喝咖啡。想到今天剛開始的情形，我不知道這樣辛苦的工作會有什麼樂趣，不過我的身體覺得很舒暢，真的，是開心的累，拋開我的背不談，其實跟平常的感覺差不多，我當然不能讓拉爾司一個人來打理我的院子。

我把咖啡放進過濾器，在壺裡加了冷水，打開電源，我再切了些麵包放入麵包籃，從冰箱取出奶油、肉和起司放在盤子上，在黃色小杯子裡倒滿調咖啡的牛奶，所有的東西都放上餐桌，外加兩個人的玻璃杯和餐刀。

拉爾司坐上靠爐子旁邊放柴火的木箱。腳上只穿了雙襪子的他看起來很年輕，任何人像這樣坐著，腳丫子直接踩在地板上的樣子都會顯得很年輕。不像我，他的頭髮是乾的，因為他一直戴著帽子，他進屋裡之後沒說話，只是若有所思地盯著地板，我也沒說話，這樣很好，現在的我很不善於閒話家常。他開口了：

「我來點火吧？」

「好啊，」我說，「點吧。」一方面屋裡真的很冷，同時我也有點訝異，對於他在我家裡的主導和對我表達意見的方式，我絕不會做這樣的事，不過他既然先問過我，我認為還好。拉爾司下了柴箱，掀起箱蓋取了三塊木材和一、兩頁上週的報紙，我把它存在箱子裡就是為了這個目的。他三兩下就把火生好了，比我平常的手腳快得多，畢竟這件事他已經做了一輩子。工作台上的咖啡機在劈啪響，這把咖啡壺用得這麼久還是很耐用。我等了幾分鐘，走過去把咖啡倒進保溫瓶裡，然後握著瓶子站在那裡待了一會兒，想起每天早晨跟我一起喝咖啡喝了很多、很多年的那個人，只是她躲著我，而我也看不見她的臉。我轉而望向窗外，院子裡乾淨多了，只有大樹根周圍一小堆金黃色的鋸木屑，厚厚的雪花靜靜的飄下來，在地上停留幾秒鐘便神祕地消失了。如果一整夜都像這樣下著，到明天早晨鐵定就會積雪了。

今天早晨我吃過早餐沒有？我不記得了。那似乎已經過了很久。從那以後發生了太多的事情，但現在我確實餓了。我從窗口回轉到拉爾司身上，朝著餐桌張開手掌說：

「只管吃，都是你的。」

「多謝。」他說著闔攏了柴箱箱蓋，我們坐下來，兩個人都帶著些許靦腆的吃起來。

初始的幾分鐘我們都不說話。食物的滋味驚人的好，引得我非得去檢查一下麵包桶，看看這次在店裡買的麵包是不是跟往常不同。結果是完全相同。我再坐下來繼續吃，我要說，這真的是太享受了。我儘量放慢進食的速度，以便吃得久一些，拉爾司也目不轉睛的吃著。我覺得很好，我不需要作無謂的談話——不料，他抬起頭來說：

「當然，我應該要接收那個農場的。」

「哪個農場？」我問，其實問來問去只有那一個農場，只是我的想法一時還跟不上他的。我不知道是否在獨自生活這麼久之後會變成這樣；是否在奔馳的思緒列車上我們自然會開始大聲的交談，而那談與不談的區隔會慢慢的消弭；我也不知道，在我們無止境、交心的談話當中，是否也融入了再見故人的情懷；而當一個人獨居太久時，那一條分隔你我的線是否就會變得模糊，即使當你跨過了界線也渾然不知。這是否就是我未來的寫照？

「老家的農場。當然是村子裡的那個。」

挪威有千百萬個村子，我們現在就在其中之一，但是我當然明白他的意思。

「你大概會奇怪我為什麼住這兒，不住原來的村子吧？」他說。

事實上我不會。但或許，我也曾這麼想過吧，只是我的想法跟他說的意思並不一樣。我覺得奇怪的是，怎麼會經過這麼多年以後，我們居然在同一個地方終老。世間真有這樣的事。

「是，可以這麼說。」我說。

「那個農場本來是由我接管，老家就只有我一個人。約拿出海，奧得死了，我在那個農場忙了一輩子，天天如此，現代人時興的休假，我從來沒有。我父親沒再回來過，他病了。沒有人知道他到底出了什麼問題。他斷了一條腿，一邊肩膀也壞了，被送進了印百答的醫院，那是一九四八年，你記得那一年吧，當時我只是個孩子。從此他再也沒回來過。之後好多年過去，約拿從海上回來。我根本不認得他，好像他們早都不存在了，任何一個都是。我沒想過他們。然後有一天約拿下了巴士走上門來說，他準備來接管農場。那年他二十四歲。這是他的權利，他說。我母親完全不表示意見，她既不干預也不替我說話，可是我到現在都還記得她的表情，她那種不敢看我的樣子。那個農場是我所有的工作和知識。約拿厭倦了大海，他看夠了，他說。應該是吧。那些年他寄來過幾張明信片，從塞德港⑪之類的地方，還有亞丁⑫、喀拉蚩⑬、馬德拉斯⑭，這些你聽都沒聽過的地方，也不知道在世界的哪裡，只有在學校的地圖集上才找得到。我很清楚記得有封信，裡面提到一艘船叫做「提尤卡」，他們把這字印在船頭，我從來沒看過像這樣的名字。約拿看起來不太好，如果你要問的話。他很瘦，病懨懨的，我心裡想，他是沒辦法經營農場了。他看起來很像嗑藥的，就是現在你在奧斯陸街頭常常看見的那些人，他整個人變得神經質又暴躁。可是我毫無辦法。這是他的權利。」

說到這裡拉爾司沉默了。這的確是很長的一篇演說。他又開始吃起來，他的速度趕不上

⑪ Port Said，埃及西北部港口。
⑫ Aden，葉門重要港口。
⑬ Karachi，巴基斯坦大城。
⑭ Madras，印度南部大城，現又稱Chennai，清奈。

我，不過他也吃得很享受。我給他加了些咖啡，遞上牛奶，他接過黃色的牛奶杯在咖啡上倒了幾滴，一直到吃完餐點他始終保持沉默，盤子淨空的時候他問說可不可以在屋子裡抽菸，我說：

「可以，當然可以。」他用小袋的雷密斯菸草捲起一支菸，點著了火深深的抽了一口，坐在位子上注視著點燃的香菸。我問他：

「後來你怎麼辦呢？」拉爾司從香菸上抬起眼，把菸放回嘴裡再深深的吸了一口，慢慢吐煙的時候他扮了一個很古怪的鬼臉，彷彿想把自己隱藏在這張傻呼呼的面具背後似的。這來得太突然，教我吃了一驚，我坐在那裡看傻了眼，之前從沒看過他這副樣子。這真是一個滑稽的景象，就像馬戲團裡的小丑，有著讓人笑了半天又哭上一秒鐘的能耐，或者像卓別林處在進退兩難的狀況，或者又像其他一些默片時期的老演員，像老是瞇眼的那一個；而拉爾司，他有一張橡皮臉，可惜沒有笑點我實在笑不出來。他把嘴巴抿成一條細線，眼睛緊緊的擠在一塊，再把整張臉向右扭轉四十五度角低過耳朵，至少看起來就是這個樣子，幾乎不再是我熟悉的那張滿是皺紋的臉了。這個姿勢他定格了好一會才把眼睛睜開，讓臉上其餘的部分回歸原狀，煙氣繼續在他的唇間吞吐，我完全搞不懂剛才目擊的這場表演是怎麼回事。他重重的呼氣吸氣，用那雙溼潤的眼直勾勾地看著我說：

「我離開了。二十歲生日那天。從此再沒回去過。連五分鐘都沒有。」

我的廚房變得很安靜。拉爾司很安靜，我也很安靜，然後我說：

「真想不到。」

「從我二十歲那年我再也沒見過我母親。」他說。

「她還健在嗎？」我說。

「我不知道，」拉爾司說，「我從來沒去查過。」

我望著窗外。我不清楚自己是不是想要知道這個。我覺得一陣疲憊感排山倒海而來，掩蓋住了我，把我壓垮。我發問只因為我認為應該要問，因為很明顯的，對拉爾司來說告訴我這些事很重要，當然這些事確實也吸引到我，但我還是不知道自己是不是真的想要了解這些事情。它們在我心裡佔據了太多空間，讓我注意力變得很難集中。我跟拉爾司的相遇使我失去了平衡，也使我住在這裡的計畫似乎漸漸地失去了分量，我必須承認，當心思不放在那上面之後，它就幾乎變得沒那麼重要了。我的情緒帶著我忽上忽下像乘電梯似的，在一、兩小時的時間裡從閣樓下到了地窖，現在我的日子跟當初的想像完全是兩回事了。稍微的一個差錯就鑄成了天大的災難。錯的倒不是那棵樺樹，我指的不是那個，也不是因為沒把它處理好，事實上有了拉爾司的幫忙，一切都獲得了改善，可是我真正要的是一個人的孤獨。一個人解決自己的難題，一次一個的解決，靠著清楚的思路和上手的工具，像我父親當年在小木屋時候的作法，一件接著一件的做，先評估再用合適的工具依序進行，一個目標達成了再繼續下一個，用自己的腦子自己的雙手，享受自己的成果。同樣的，我也希望享受自己的辛苦，解決每天各種的挑戰，也許很難對付，卻都在有限的範圍內，無論是開始和結束我都能預見，近黃昏的時候累了但還不至於累垮，第二天一早精神抖擻的醒來，煮咖啡點爐子生火，看著粉紅色的天光從森林延展到湖面，然後穿戴整齊帶著萊拉一起踏上小徑，再次開始這一天預定好了的工作。這才是我要的，我知道我可以做到，我有這份能力，孤獨一人的能力，根本沒什麼好怕的。我看過那麼多的事，也經歷過不少，只是現在我不願意一一描述，因為我一直很幸運，我一直是「穿金褲子的小孩」，不過最後能好好休息一下的感覺還是很好。

可是拉爾司出現了，他大概是我不得不喜歡的一個人。對，出現了拉爾司；他現在從桌邊站起來，來回的推著他頭上的帽子，把它調整到正確的位置，外面起了薄暮，陽光當然不再，他用一種正式得有些怪異的禮貌謝謝我的招待，好像我們剛才吃的是耶誕大餐，而他是住在十哩外的遠客。他可能認為在戶外手裡拿著斧頭或是鋸子的感覺要比在我家裡自在得多，我不介意，我可以了解。我如果去他家裡作客必定也是同樣的感覺。

我走進玄關替拉爾司開了門，跟隨他走上門階，撲克已經坐在那裡等候。我向他道晚安並且謝謝他的幫忙，他說，我們把那棵樺樹處理得很好，明天再用鐵鍊子來對付剩下的老樹根，那狗在我們中間催促，一會兒坐下來狠狠的盯著牠的主人，開始嗥叫，拉爾司看都不看的轉身直接走過撲克，下完兩層台階穿過院子，往他的山坡小屋揚長而去。撲克站在那裡，困惑的攤著舌頭，牠抬眼看著我，我靠著大門不動也不出聲叫牠走，然後牠突然垂下頭，非常不甘願的，每一步幾乎都用拖的，跟在拉爾司的後面走了。假如我是牠，我一定會加快速度的修正自己的態度。

院子裡有薄薄一層雪了，我沒注意到是什麼時候漫起來的。溫度已經下降，雪還在下，看不出有停止的跡象，我走進屋子帶上門關了外面的燈。拉爾司忘了他的工作手套，還留在原來擱著的鞋架上，我拿起手套打開門正準備喚住他，想想又作罷，他可以明天再來拿，反正要戴上手套他才能幹活。

拉爾司。他說在約拿出海的那些年裡，他並不想念這個哥哥，可是他都記得他哥哥走過的城市和港口，寄回家的信封上印的字和他上下的那些船名，還用手指在地圖上跟著船隻航行的路線走。瘦弱無神的約拿，站在提尤卡號靠近船頭的甲板上，緊緊的抓著欄杆，瞇著眼大膽的凝望著緩緩接近的海岸。他們從馬賽回航，拉爾司的手指一直跟著船在走，走過西西里，走過義大利的靴子尖頭，斜過希臘諸島，就在克里特東南邊的空氣裡出現了一種新的成分，不過才過了一天，卻是兩種不同的氛圍，約拿還不知道這一個新的成分就是非洲。拉爾司繼續跟著他神遊到了深入地中海的塞德港，他們先在這裡裝卸貨物之後再緩慢的通過蘇伊士運河，河的兩邊是綿亙的沙漠，無盡的沙粒在燦爛的陽光下閃著奇特的黃色光芒，然後縱走紅海在酷熱中先到達吉布地⑮，再轉上亞丁港，它處在那狹窄卻分隔了兩個世界的海峽另一邊⑯，從頭到尾他們都在追隨年輕的法國詩人韓波⑰的足跡，將近七十年前他航行到這裡，為了想做一個不同於以往的自己，要把所有的過去全部放下，像一個前往忘川的遁世者，後來就去世了，我知道這些是從書裡讀來的。可是拉爾司不知道，他只是坐在河邊小屋的餐桌上，面前擺了一本世界地圖；約拿也不知道，他只是在塞德港放肆的藍天底下看到平生第一株的非洲棕櫚。他看到了這座城市裡矮平的房子，他看到每條街上的市集和商店，就在提尤卡號停泊的碼頭上。這座城市除了這些商店街再也沒有別的，為了招徠，他們用各種語言大呼小叫，希望你走下跳板，而你用力抓著欄杆，眼睛瞇成了一條縫。他們催促你快下船買啊，這些東西日後對你大有好處，會給你帶來意想不到的快樂，**今天特別為你有特價折扣**，叫喊聲震天價響，還有鐃鈸和大鼓，以及那些幾乎令約拿昏倒的氣味，包括了熟到快爛的蔬菜和一些他根本說不出名堂的肉類。有香料和藥草，他還瞥見碼頭盡頭有火在燒，他不知道他們在燒什麼，味道刺鼻，他不要下船。他在做裝卸貨物的工作，用他年輕的本錢，認真賣力，他沒有下過跳板。不管是不是在值班，黑

---

⑮ Djibouti，非洲東部國家，首府也叫吉布地。

⑯ 此指曼德海峽（the Mandeb Strait），全名為Bab-el-Mandeb，意思是「淚之門」，連接紅海和亞丁灣之間的海峽。

⑰ Arthur Rimbaud，1854-1891。

夜降臨的時候他守在甲板上，看著各種燈光下的生計以比較緩慢的節拍繼續著，一切似乎要比明亮的白晝更吸引人，也更邪惡，在那搖曳不定的陰影和窄狹的後街小巷裡。他才十五歲，在塞德港他沒有離開過船，在亞丁和吉布地也沒有。

我夜裡醒來坐在床上望著窗外的黑。雪仍然在下，起了好大一陣風，把雪花都捲上了窗格子。通往河流的道路上除了一整片的白毯之外，再沒有任何其他的形狀。我下床，走進廚房把炊具上方的小燈點亮，萊拉從爐子旁邊她躺著的位置抬起頭，她的生物時鐘並沒有出錯，她知道我們現在不會出去，現在才凌晨兩點。我走入浴室，其實這裡只是玄關隔出來的一個小空間，我在裡面地上擺了一張臉盆、一大罐清水和一個水桶，作為天氣太壞的時候我不想去到屋子後面的準備。我進去做完想做的事後，穿上毛衣和襪子，坐在廚房的餐桌邊，帶著一杯小酒和一本剩下最後幾頁的《雙城記》。席尼．卡登的性命到了盡頭，他全身都在流血，透過血紅的面紗他看見斷頭台很有節奏的在開鍘；一顆顆的頭顱落進籃子裡，一籃裝滿了再換一籃，在位子上編織的婦女們不斷數著：十九，二十，二十一，二十二，他吻著隊伍裡站在他前面的那個女人，說聲再會了，等我倆在另一個沒有時間存在也沒有悲哀存在的地方再相見吧。很快的就只剩下他一個人，他對自己也對世界說：「這是我這輩子做得最、最、最好的一件事……」在那樣的情況下實在不容易苟同他的想法。可憐的席尼．卡登。真是娛樂性十足，好看極了，我必須要說。我笑咪咪的帶著書走進客廳，把它放在書架上和狄更斯的其他書籍擺在一起，再回廚房一口飲盡那杯小酒，關掉爐子上方的小燈，走進臥室躺了下來。我的腦袋都還沒碰到枕頭就睡著了。

五點鐘，我被拖拉機的轟隆聲吵醒了，一台除雪機在路上嘰嘰嘎嘎的朝著我屋子過來。我透過窗戶看見它的車燈，立刻明白怎麼一回事，但我翻個身再睡，什麼事都懶得花時間去想。

十三

經過跟法蘭慈談了話的那一個早晨之後，這整個山谷變得不一樣了。森林不一樣了，田野不一樣了，也許河流還是原來的河流，可是多少也有些改變了，在我眼裡連我父親也變了，尤其每每我想起法蘭慈所說那些關於他的事情，對照後來我看見他在約拿他們家前面小碼頭上的行為。我不知道現在的他究竟是變得更生疏還是更親近，究竟是更容易了解還是更難懂，總之他就是不一樣了，我不能跟他談起這些，他不是主動開門的那個人，所以我沒有權利擅自走進去，甚至我也不知道自己是不是真的想這麼做。

現在我可以看出他的焦躁了。並不是他在態度上表現出焦躁或不耐，他仍舊是我們坐上巴士時候的模樣，當然在我內心裡對他的看法確實有了很大的不同，但不是我**看出了**他有什麼不同。現在，他等得很不耐煩了。他希望木材能夠快點上路。不管我們白天做了些什麼，上小店，或是划著小船溯激流而上，沿路釣魚，或是在院子裡做木工，或是戴著手套清理一團混亂的廢料堆，拖運砍下來的樹枝以便在變天的時候用來生營火，他不要在未來那一刻來臨的時候留下絲毫的雜亂，每天黃昏他必定要去河邊看那兩堆木材，至少兩次，這邊推一推，那邊敲一敲，計算到河裡的角度和距離，查看這些大樹幹下水的地點是否正確，然後把所有的這些程序再重頭來一遍。其實沒有必要，如果你來問我，因為人人都看得出這些木頭一定會順利滑進河裡，下水的過程裡絕對不會有任何阻礙，他很可能也知道，可他就是放不下。有時候他在那裡站上很久只為了聞那些木頭，甚至把鼻子湊在剝了樹皮的原木上，木頭上的樹脂仍然閃閃發亮，他深深的吸著，我不知道他這麼做是因為跟我一樣喜歡聞，還是因為他的鼻子可以從木頭裡讀出一些我們凡人無法解讀的訊息。如果是，這訊息是好是壞我就無從得知了，但是這並不能消減他的焦躁不耐。接著連續下了兩天的豪大雨，第二天傍晚他去找法蘭慈說話，在那裡待了很久。他回來的時候我在上鋪就著一盞小油燈看書，現在一到黃昏天色就很暗了，他進來房間靠著我床鋪說：「明天我們冒個險試一試。把木頭下水送走。」

我從父親的聲音裡立刻聽出法蘭慈並不附和他的看法。我把書籤夾進書裡，傾過床沿，垂下手臂把書本往床邊的椅子上一丟說：

「太好了。我一直在期待呢。」這是真話。我期待那種用力的感覺，期待我的手臂承受的壓力，期待樹幹在力拚之後終於放棄抵抗的感覺。

「很好。」我父親說，「法蘭慈會過來幫忙。你快睡，為明天養足力氣。這可不是小孩子的遊戲，一共只有我們三個人，木頭那麼多。現在我得出去轉一圈思考一下。一個鐘頭就回來。」

「沒問題。」我說。

他又要去河邊坐在石頭上兩眼發直了，我早習慣這個，我毫不懷疑他的話，他經常去那塊石頭。

「要不要把燈熄了？」他問。我說好。他彎下腰用手圈在燈罩上方對著玻璃燈管往下吹，吹滅的火焰沿著燈心變成小小一條紅色的帶子，很快不見了，四周整個暗下來，但並不算完全黑暗。我看得見窗外灰撲撲的森林外緣，和它上面也是灰色的天空，我父親說「晚安，傳德，明天見」，我也說「晚安明天見」。他出去了，我轉身面向牆壁。在睡著之前，我把額頭貼在粗糙的原木牆壁上，聞著仍然殘留著的淡淡森林香。

那天晚上我起來過一次。我小心的從上鋪爬下來，絲毫不敢左顧右盼以免錯過了大門，我去到木屋後面上廁所。我光著腿站在那裡，只穿了條短褲，風在樹梢，烏黑的雲層好像裝滿了雨水隨時有暴發的可能，我閉起眼仰面向天，感覺不出有任何東西落下來。只有習習的涼風和原木樹脂的香味，大地的香味，一隻不知名的鳥兒在矮樹叢裡窸窸窣窣的跳來跳去，從茂密的葉間發出一連串細細的啁啾聲，離我腳邊不過幾步遠。在深夜裡那是一種奇特又寂寞的聲音，但是我不知道寂寞的究竟是這隻鳥還是我自己。

我走回屋裡，父親果然如他說的睡在床上。我在半明半暗中看著他枕在枕頭上的腦袋：黑色的頭髮，短短的鬍子，閉著的眼睛，他的臉似在夢境裡的某個地方，並不跟我一起在這間小屋裡。這時候我根本親近不了他。他的呼吸平和滿足，彷彿這世上他什麼都不在乎了，或許他真的不在乎，我應該也是這樣，可是我很不安，我已不知道該怎麼看待事情了，如果呼吸在他很簡單很容易，在我就不是了。我張大嘴吸氣，很用力的吸了三、四次，在這個暗濛濛的房間裡我這樣大喘氣的模樣看起來一定很詭異。我爬回上鋪攏緊了鴨絨被，我沒有立即睡著，只是躺在那裡盯著天花板，研究著上面隱約顯現出來的圖案，所有那些坑坑疤疤似乎都在前後的移動著，好像許多有著隱形腿的小怪物，起先我全身僵硬，過了幾分鐘，說不定是好幾個小時，才比較放鬆。時間很難估算，不管是時間的變化或是這個房間我都毫無感覺，所有的東西都轉動得很慢很慢，像一個巨輪的輪輻：我就困在那裡面，我的脖子架在車轂上，我的腳綁在輪軸的外緣；我感到頭暈腦脹，只能張大眼睛克制嘔吐。

第二次醒來已是早上，天光充滿了窗台，我睡得過久反而覺得更累更倦，一點都不想起床。

通往客廳的房門開著，外面的門也開著，我撐著手肘就能看見陽光斜照在擦得潔亮無比的地板上。屋裡有早餐的味道，我聽見父親和法蘭慈在院子裡說話。兩個人談話間有一種平靜、順服，幾乎懶散的腔調，如果前一天這兩人有過意見不合，現在肯定沒有了，彼此已經達成了協議，已經了解這件運送木頭的工作對我父親有多重要，所以他們要冒險一試，雙方都同意這正是他們的專長、冒險，雖然在我來說，讓這些原木多等一、兩個月或甚至等到春天才是最恰當的作法。總之，他們現在站在陽光裡不慌不忙的一起籌劃著這一天該完成的計畫，我看得出來，就像之前無數次而我卻一無所知的合作。

我躺回枕頭，試著想出是什麼原因會讓自己覺得這麼重這麼累，實在想不出來；沒有字句，沒有影像，只有眼皮底下一抹淡淡的紫色和喉嚨裡乾到發痛的感覺，我這才想起堆在河畔的原木，現在隨時都有「動身」的可能，我要參與其中，我要親眼看著木堆崩塌下水，看著河岸淨空。廚房吃飯間送出來的食物香味，使我突然覺得肚子空洞洞的，我對著門口叫喊：

「你們吃過早餐了嗎？」

外面的兩個人哈哈大笑起來，說話的是法蘭慈：

「還沒，我們就在這兒閒晃等你啊。」

「兩個可憐的老頭，」我喊回去，「我馬上就來，看有什麼好吃的。」我發現我其實一點毛病也沒有，身輕如燕。我迅速抖擻精神照平常一樣跳下床：兩手抓著床鋪的一邊，從床尾往下跳，我兩腿向右一旋以滑雪落地的姿勢從頂上跳到地板。不料這次我的大腿骨一軟小腿一撞，右邊的膝蓋先著地，往床邊摔了下來。我的膝蓋痛到令我幾乎哭出來。外面兩個大男人想必聽到了聲響，我父親大喊：

「你沒事吧？」所幸他跟法蘭慈都待在外面。我閉緊了眼睛喊回去：

「沒事，都很好啦。」其實一點都不。我想辦法坐上床邊的椅子，兩隻手抱著膝蓋。碰上去感覺不出來有哪裡斷裂，可是真的痛到難以忍受，令我有些不知所措，頭暈眼花又困惑，穿褲子的時候好困難，因為我必須僵著一條右腿，如果可以的話，我真想就這麼放棄了再爬回床上去。總算，我把褲子穿上了，再來是其餘的衣物。我一拐一拐的到客廳坐下來，一條腿直直的撐在桌子底下，我父親和法蘭慈說完話走進來。

我們吃完了遲來的早餐，兩個大男人馬上收拾清洗碗盤，我父親喜歡在忙累完了回家的時候一切如新，他說，不要像一腳踩進垃圾堆的感覺。我不明白為什麼，他們讓我坐著不動，本來我是有義務幫忙洗碗盤的，因為我姊姊在奧斯陸沒跟我們一起來。不管怎樣，不叫我幫忙我絕不反對。

他們背對著餐桌，隨便聊著，晃著，喀答喀答的收著杯子，法蘭慈高唱一首從他父親那裡學來的歌，內容是說一隻掛在樹梢的獾。原來我父親也知道這首歌，他也是從他父親那裡學來的，兩個人來了個齊聲大合唱，一面揮著抹布和洗碗刷打拍子，我好像**看見**那隻獾無助的在雲杉頂上盪著，我的頭重到連抬起來都難，逮住機會我把腦袋歇在兩隻手上，那樣子看起來就像在偷閒打盹。就在這時候我父親說了：

「我們真的不可以在這裡瞎混了，可以走了吧，傳德？」我聽得很清楚，我滿嘴都是唾液的回答：

「對，走吧。」我抬起頭擦擦嘴，忽然間不覺得有什麼不舒服的感覺了。

我走在他們後面橫過院子到柴房，儘量不拐著走，我在一堆工具裡挑了一支長柄矛鑽，又拿了一捲繩索掛在肩膀上，我父親選的也是矛鑽，還有兩把斧頭和一把鞘刀，法蘭慈拿的是鐵鍬和磨得很利的鋸子，這些和其他的一些工具全部收在柴房裡：鋸子，鐵鎚，兩把長柄大鐮刀，鐵鉗，兩個鐵刨，各種尺寸的鑿子，各式各樣的銼刀，都一排排的掛在牆壁的釘子上，還有一些角鋼和很多我不知道用途的工具。柴房就是我父親設備齊全的工作坊，他愛極了這些工具，不時的把它們磨利、擦亮、上油，讓它們味道好聞又經久耐用，每一件每一樣都有它固定的位置，或掛或站，隨時都能上手。

我父親關上柴門，把門閂上好，我們三人排成一直線走，工具夾在手臂底下掛在肩膀上，沿著小徑走向河流和那兩大堆的原木區，我父親帶頭，我殿後。河面上陽光燦爛耀眼，連續幾天大雨之後水位也升高了，要不是我一條腿跛得厲害，這真是一幅夏天裡共同打拚的完美畫面，因為在我的內在，離靈魂不遠的地方，我看出了有一些壞了累了的東西，是它們使我的腳踝和大腿骨虛弱到載不動平常輕而易舉的重量。

到了河岸我們先把工具放在石頭上，我父親和法蘭慈走到第一個原木堆，肩並肩的背向著飽滿耀眼的河流停下來，兩個人昂著頭，手插在屁股上，仔細研究著靠那兩根豎著的粗木樁屏擋著的一堆原木。木樁是由安插在地下的幾根木頭斜撐著，當初的構想是斜撐的木頭一移走，木樁筆直倒下，成堆的原木一股腦的往下滑，只要距離和坡度算得準確，所有的木頭就會越過木樁像橫木似的向前翻滾一路滾進水裡。按照我父親和法蘭慈的看法，一切都準確無誤。他們的下一個動作是跪下來把卡在斜木盡頭的砂石挖掉，方便在拖拉的時候更順手。做完了這件事，他們拿起繩索，各自把繩索牢牢的纏在一根木樁上，然後人往後退，一直到退出原木堆的範圍，繩子的末端抓在他們手裡以免妨礙木頭的滾動。其實可行的方法有很多種，這個版本是法蘭慈的專利。他從來不打算一次把所有的木頭都拱進水裡，他說，這次也不見得會成功，因為要想成功必須坡度要夠，相對於這麼結實的重量，它除了需要木樁和極強的支架，也需要大量的運氣，這一切的一切都是十足的冒險。當然啦，如果你想要過安逸的生活，三不五時的就該冒個大險，法蘭慈這麼說。

現在他們各自扯緊繩索，腳跟穩穩的扎在地上，開始一起大聲報數：五，四，三，二，一，拉！兩個人卯足全力的拉，繩子裂帛似的響，他們額頭上青筋暴露，臉色發黑。什麼也沒發生。木樁原地不動。法蘭慈再一次報完數大吼一聲：拉！他們再次的拉，連悶哼的呻吟都很有節奏，什麼動靜也沒有，除了這兩個人的面孔，他們咬牙切齒，眼睛瞇成一條縫。不管他們的臉擠成什麼怪相，毫無用處，就算用足了吃奶的力氣也沒輒。木樁挺立依舊。

「媽的！」我父親說。

「混帳東西！」法蘭慈說。

「我們得用斧頭砍。」我父親說。

「太冒險了，」法蘭慈說，「搞不好會整個壓下來。」

「我知道。」我父親說。他們去工具堆裡抽出斧頭再走回原木場，胳臂和身體並用，近乎賭氣似的狠砍著那幾根斜撐的支架，他們為了第一次的出師不利而生氣，這樣一來計畫整個泡湯，法蘭慈又在那裡「混帳東西」的嚷嚷，罵完了之後他說：

「把握時間砍吧。」

「說得是。」我父親說。他們改變了節奏，劈砍同步進行，斧頭每次起落的聲響都像是一記尖利的爆破。我看得出來他們是真的喜歡這個工作，法蘭慈忽然笑了，笑得好樂，我父親也笑了，我真希望我也像他們一樣，希望自己也能有個像法蘭慈這樣的朋友，一起揮斧頭一起定計畫，一起出力一起笑，在這樣的一條河邊一起砍木頭；這河永遠不變，卻又不斷的在變，就像現在，可是那唯一可能是好朋友的人已經消失不見，沒有任何一個人再提起過他。當然我還有我的父親，但這不一樣。他是個大人，他有著一個我不知道的祕密生活，甚至還不只一個，我不再確定是否還能夠那麼的信任他。

現在他下斧頭的速度加快，法蘭慈也跟著快，於是我父親開始大笑，揮起斧頭格外有力。這時，我聽見斧頭劈下去的地方響起吱的一聲，我父親大吼：

「逃命啊！」他腳跟一轉，整個人往旁邊拋射出去。法蘭慈一面大笑一面跟著做。幾乎就在同時，那幾根支架應聲而斷，彼此交相重疊起來，而那些木樁依照原定的計畫向前傾倒，漂亮極了。緊接著，原木堆開始下滑，那聲音像一百座又重又沉的大鐘在鳴唱，唱過水面唱進森林，至少有一半的原木崩塌下來翻入河中。水花飛濺，一陣木頭和河水的驚人混戰，我好高興能在現場目睹這一切。

不過，還是有很多原木留在原地，非得全部送走才行。我們三個人拿起矛鑽動手幹活，我們拖拽推拉，有時候那些木頭卡得太緊太密，還得用鐵鍬把它們撬開，有時候糾結在一起，就得用繩索把它們一根一根的拉散。我們靠矛鑽滾動木頭，每次兩個人，把它們推滾進河裡，然後撲通一聲，那些原木立刻安穩從容的浮上來隨著水流漂過山谷，向著瑞典而去。

我不久就覺得累了。本來以為會有那種我期待的特殊感覺，一種能鼓舞我振奮我給我更多工作的力量，能夠讓我在擺盪之間輕鬆掌握，用不著繃緊我的腿我的臂我的任何其他地方的感覺——結果反倒沒有，而是一種費力又無力的感覺。為了不讓他們看出我現在的狀況，我必須很小心很專心的做完一件事情之後再做第二件。我的膝蓋痛得不得了，當我父親喊著休息一下的時候我才鬆了口大氣。絕大部分的原木已經下水，只剩下幾根小樹幹，可是還有一堆在那裡等著送走。我慢慢的走向那棵樹幹上有個木十字架的松樹，這個十字架是法蘭慈在一九四四年某個冬天的夜晚安上去的，因為有個來自奧斯陸穿著單薄西裝褲的男人在這裡被殺，被幾顆德國人的子彈殺了。我躺在十字架下面的石南草叢裡，頭枕著大樹根，立刻睡著了。

§

我醒來時，約拿的母親跪在我身邊，陽光在她的腦後，她一隻手在我的頭髮上，她穿著藍底黃花的棉布洋裝，臉上的表情有些嚴肅，她問我餓不餓。那一秒鐘的時間裡，我就是那個穿著寬西裝褲的男人，他沒死，他甦醒了注視著仍站在他身旁的她，下一秒他溜走了消逝無蹤。我眨著眼馬上發覺自己的臉紅了，因為我一直夢著她，我不記得夢了什麼，但是在夢裡有一種強烈又陌生的暖意，現在有她這樣定睛的看著我，倒教我不好意思確認什麼了。我點點頭努力擠出一個笑容，用胳臂撐起自己。

「我馬上就來。」我說。她接著說：

「好，那就來吧，吃的東西都準備好了。」她笑得太突然，讓我不得不別開視線，從她背後上漲的河水望向另一邊的河岸，突然兩匹巴卡的馬站在圍籬邊的高地看著我們，牠們的耳朵豎起，馬蹄不斷的蹬，像特別來這裡警告災難將臨的兩匹鬼馬。

她從蹲到站一氣呵成，彷彿這是世界上最容易不過的一件事，她朝著我父親和法蘭慈生著營火的空地走去，那裡本來是堆放第一堆原木的地點。空氣裡有烤肉和咖啡的香味，有菸味，有木頭和石南的氣味，有被太陽曬熱了的石頭味，還有一些很特別的，除了這條河岸我在其他地方都聞不到的香氣，我不知道那是怎麼來的，也許是所有一切的混合吧：是一個分母、一個總數，是一種如果我離開了不再回來，就永遠不可能再感受到的體會。

離營火不遠，拉爾司坐在水邊的一塊石頭上。他手裡有一束參差不齊的小樹枝，他把它們掰成相同的長度，堆放在河邊石頭旁的斜草坡上，在樹枝堆的前方他插了兩支很尖銳的枝椏當作木樁，讓所有的樹枝都頂著這兩支木樁。那看起來就像是真實場景的迷你版，就像一堆真正的木頭。我走過去蹲下來。經過休息之後我的腿好多了，說不定不會跛了。我說：

「這堆東西做得好棒。」

「只是幾根小樹枝。」他的聲音很低很認真，他沒有轉身。

「嗯，」我說，「也許是吧。可是還是很棒。跟真的一樣，不過是迷你版的。」

「我不懂迷你『班』的意思。」拉爾司輕輕的說。

我用心思索。其實我也不太懂，我還是說了：

「就是一樣非常小的東西看起來就跟原來很大的東西完全相同。只是小了許多，就是這樣。你懂了嗎？」

「嘖，這只是幾根小樹枝。」

「好啦，」我說，「就是幾根小樹枝吧。你不吃午餐嗎？」

他搖頭。「不吃，」他的聲音小到幾乎聽不見，「我不吃什麼午餐。」他說「吃午餐」的方式跟我說的一樣，只是這個「吃」的意思不同。

「哦，好吧，」我說，「沒關係。隨你囉？」我小心翼翼的站起來，把重量放在左腿。

「不過，我倒是餓了。」我說著便轉過身。才走了一、兩步，我聽見他說：

「我射死了我弟弟，真的。」

我轉身，又走回剛才那兩步，感覺嘴好乾。我近乎喃喃地說：

「我知道。可是那不是你的錯。你不知道槍裡面還有子彈。」

「是，」他說，「我不知道。」

「那是個意外。」

「是。那是個意外。」

「你確定不要吃點東西嗎？」

「是，」他說，「我留在這兒。」

「好吧，」我說，「等你餓了再過來吧。」我望著他的頭髮和頭髮底下一小部分的臉孔，當時他只有十歲，天哪，那臉上毫無表情。他不再說話了。

我走向營火，父親輕鬆的坐著，坐在還留在那裡的一根原木上，背向著河流跟約拿母親並排。他們沒有靠得很緊，雖然不像那天清晨在小碼頭上，但仍舊相當的近，兩個人的背部似乎都顯得很自在，甚至有些得意，他們忽然使我覺得非常的生氣。法蘭慈自己一個人坐在他們對面的一截樹墩上，手裡拿著錫盤，透過火光我看見他的鬍子臉和透明的煙氣，他們已經在吃了。

「來，傳德，過來坐下。」法蘭慈說著，似乎有些尷尬，他拍拍旁邊的一截樹幹。「你一定要吃點東西，還有很多事要做呢。要活命就得吃。」

我沒有坐上那塊樹墩，而是做了一件我認為在當時聞所未聞的事，直到今天我仍然這麼認為：我從背後一把撥開我父親和約拿的母親，硬把自己擠到他們倆的中間。其實那裡沒多大的空間，但我很用力的推著他們兩個人，特別是她，我激烈的挑釁動作碰上了她的柔軟，使我有一種不應該如此的感覺，可是我照做不誤，她最後讓開了，而我父親卻僵硬得像一塊木板。我說：

「坐這裡太舒服了。」

「你這麼覺得嗎？」我父親說。

「當然，」我說，「有這麼好的同伴。」我直直的看著法蘭慈的眼睛，就此不動，但他的眼光卻開始閃動，而且有些食不下嚥了。他把眼睛定在餐盤上，扮了一個怪臉，我拿起盤子和叉子，傾過身子動手從煎鍋裡取食，鍋子穩當的擱在火堆旁邊的一塊石頭上。

「看起來真好吃啊。」我哈哈大笑的說，我聽見自己的聲音很尖，音量也比我預估的大出很多。

十四

我掙扎著從夢境走向光明，我真的看見光在我的上方。那就像在水面下；看到了上面隱約的藍色波光，那麼近卻又搆不到，因為在那淡紫色的水平面底下什麼東西都移動得很慢，我曾經歷過這樣的地方，現在不知道自己是否能及時醒來。我儘量伸長手臂，疲憊乏力令我頭暈，忽然我感覺到手掌心有冷冷的風，我用兩條腿加速向上，臉終於突破了頂上的一層薄紗，我張開嘴呼吸空氣。我睜開了眼，根本不是光，而是像水底深處那般黑。失望的感覺嘗起來像滿嘴灰燼，這不是我想去的地方。我深呼吸，把嘴閉緊，正準備潛回去的時卻發現我竟是在床上，在鴨絨被底下，在廚房旁邊的這個房間裡。是清晨，仍舊漆黑一片，我不需要再憋氣了。我鬆了口氣，摀著枕頭輕鬆笑了，然而就在我還來不及明白是怎麼一回事的時候，我哭了，我真的哭了一會兒，而我忽然想到一件事：如果有天早晨我到不了那層水面，是否就意味著我快死了？

但這不是我哭泣的原因。我大可以跑到外面躺在雪地裡，讓自己冷到全身發麻，冷到儘量接近死亡的程度，看看到底是怎樣的感覺。我很容易就可以做好準備。可是我害怕的不是死亡。我轉向床頭的小桌几，看著鬧鐘發亮的鐘面。六點。時間到了。我該動作了。我掃開鴨絨被，一骨碌的坐起來。這次我的背感覺不錯，我坐在床沿，腳踏著我放在地板上的一條小地毯，省得在這麼寒冷的季節出現一腳踩到鞋底那種過分可怕的感覺。我應該鋪上一層新的隔熱地板。也許春天吧，只要我不是身無分文。當然我絕不會身無分文。我什麼時候才會停止這方面的擔心？我捻亮床頭燈，摸索到掛在椅子上的長褲，把手搭上去提起來，就在這時候我停住了。我不知道為什麼。我還不行，似乎還沒準備好，還有一些我必須要做的事。門階上的地板要換，不能等到有人摔斷了腿，這件事今天就要做。我已經買了實心的木板和三吋長的釘子，長度應該夠了，四吋會太長，我想，再來就是把鋸開的雲杉塊劈成柴薪的大小，這也是該做卻沒做的事，毫無疑問的不能再拖了，冬天已經迫在眉睫。無論如何，看起來是有點意思了，過一會拉爾司就要來了，我們要一起用鐵鍊和車子拉拔那截大樹根。做這件事一定很好玩，我猜想著。看窗外，雪停了，模模糊糊看得到路邊積雪的輪廓。或許今天在戶外工作不再那麼容易。

我放下長褲再度躺下。夢裡有些東西令我心神不寧。我知道只要我願意，應該都能解開，過去我有經驗，我只是不知道自己到底想不想這麼做。那是一個很情色的夢，我經常做，我承認，畢竟這些東西並不是青少年的專利。約拿的母親在夢裡，她還是一九四八年的她，而我是現在的我，六十七歲，過了五十多年之後，好像我父親也在，也許在背景裡，在陰影裡，感覺是這樣，而如果我連稍微去觸碰這個夢都會引起這樣的緊張，那就必須放開它，讓它跟其他那些我不敢碰觸的夢沉埋在一起。我生命中能夠讓這些夢境翻雲覆雨的那一部分，現在早已成為過去。我不想再改變什麼，我要待在這裡，如果一切順利的話。這才是我的規劃。

所以我起床了。六點十五分。萊拉離開了她爐子邊的寶座走到廚房門口等著。她轉過頭看著我，眼光中有著我不太敢當的信賴。不過也許重點不在於此，不在於敢不敢當，或許它就是存在，這份信賴，不在乎你是誰你做了什麼，它是不需要計較的。很開心的想法。乖狗，萊拉，我想著，乖狗。我打開門放她到玄關登上門階。我從屋裡開亮屋外的燈，跟著她走出去站在那裡看。萊拉直接跳進了好大一堆映著燈光的積雪裡，阿良在院子裡兜這樣一個大圈子鏟雪可是真本事，避開我的車只有幾公分的距離，用犁頭來來回回的推著那塊屹立不搖的大樹根，最後終於把它推到了院子旁邊現在常利用的位置，隨時方便之後的搬移。他甚至清除了沿著一面牆邊的窄道，每逢我不想過度使用那間戶外廁所的時候，經常都在那裡方便。說不定他在建議我以後應該把車子停在那裡，就不會礙著拖拉機的路，或者會不會他自己也有一間戶外廁所？

我讓萊拉在院子裡對著這一個白色的新世界到處亂聞，我關上門回進屋子在爐子裡生個火。今天很順利，黑鐵板後面很快就出現清脆的爆裂聲，我沒有立刻打開天花板的大燈，任房間留在黎明的朦朧中，爐子裡黃色的火光映在地上和牆上顯得格外明亮。這幅景象舒緩了我的呼吸，使我整個人平靜下來，就像千萬年以來不變的男人心情：讓狼嚎吧，這裡有火，安啦！

我把早餐擺上桌，仍舊不開燈，然後我讓萊拉進屋裡先在爐子邊躺一會，過後再一起出去。我坐下來望著窗外。我已經關了門外的燈，所有的東西只有表面的一點亮度，時間太早還等不到天光，只有湖那邊的樹林上方一層淡到不能再淡的粉紅；那些模糊的斑紋就像蠟筆做的記號，然而所有的一切還是要比先前清晰許多，那是因為雪的關係。我望見了一條清楚的線分隔在天地之間，這算得是今年秋天的一件新鮮事。我慢慢的吃著早餐，不再想那個夢，吃完了我收拾乾淨餐桌，走到玄關穿戴上長統靴、暖和的厚呢短大衣、有耳罩的帽子、連指手套和圍了起碼二十年的羊毛圍巾，這是在我成為離婚的單身漢時候有一個人為我織的，現在我已記不得她的名字，但是我一直記得她的手，從我們相識的那天起，那雙手永遠在動。除此之外，她的人既安靜又拘謹，在靜默中只聽得見她的毛線針不斷卡答卡答的聲音，對我來說這實在太壓抑了，我們的關係就這樣一點一滴從有到零。

萊拉在門口搖尾巴，一副準備出發的樣子，我從架子上取了手電筒，把一端旋開，換了兩個也是放在架子上的新電池，我們出發了。我帶頭，她等在後面聽指令。我是主人，這一點我們兩個都很清楚。她很樂意等，因為她很清楚這個體制，只要我一說出「過來！」她立刻露出一張只有狗才有的笑臉，連跳帶蹦的一個箭步飛下台階，幾乎直接撲進了我的懷裡，然後乖乖的站著。她的內心依舊是一隻小小狗。

我打亮手電筒，我們走下斜坡，阿良已經將積雪貼著河岸清理成一道優美的弧形一直彎到過了橋。拉爾司的木屋在橋的另一邊，穿過雲杉林就是公路，我們停下來，我拿手電筒指著我們平常沿溪流走向湖的小徑。這裡的積雪量很大，我不知道自己是否走得過。這裡另外只有一個選擇，就是往前直走。我們以前從來沒有走過那條路，最後一條通上幹線的匝道，之後就要上公路了，也就是說我必須給萊拉套上狗鍊，因為車子太多，這對我們兩個都很不方便。正因為如此，我寧願待在這座城市裡，在沉悶無趣的街道上趴趴走，同樣的街道走了三年，想著這樣的日子總有結束的一天。現在確實要出現情況了，或者是我要結束了。於是我問自己：為什麼我不該厭倦，我這樣捨不得花力氣究竟為了什麼？我越過路邊的雪堤和初形成的冰磧，亮著手電筒大步向前行，小徑上有的地方雪被吹走了，感覺很舒服可是很難走，有的地方雪積得好高，我的高統靴真是穿對了，我走得很好，一條腿站穩了再出第二條腿，先是右腿，讓它陷下去，再左腿，讓它陷下去，然後同樣的動作再來一遍，就這樣我舉步維艱的走過了最難走的地方。天空很清，還可以看見幾顆星星，在黑夜將盡的時刻顯得十分黯淡，幸好現在不再下雪了。等天大亮的時候會出太陽，陽光應該不會太強太熱，不會像那一天，我忽然想起了從前，一九四五年五月底的那一天。我和我姊姊站在二樓的窗口，可以遠眺奧斯陸峽灣的內灣，尼索德蘭迪港和白尼峽灣，那是夏天，水面波光粼粼，像發了瘋似的小船從這個岸橫衝直撞到那個岸。為了榮耀重獲自由的挪威，所有的船都漲滿了帆，一路起勁的切換著航道，怎麼也不嫌累，他們高歌歡唱，在船上的那些人，他們一點都不覺得難為情，這在他們是理所當然。可是我已經累了，等得累了，這些人我已經見過太多次，在城裡的卡爾約翰大街，在樹林裡的歐斯馬克塞拉，在英吉爾斯特蘭的老屋，在我們乘著借來的船去過的伐格斯特蘭，還有在許多別的地方，他們都是又叫又吼，從來沒想過酒宴已經結束了。我們那天不看峽灣，那個方向沒有值得我們等待的東西。我們兩個，我和我姊姊，看的是馬路，等著父親慢慢的從萊安車站出來，走上尼森巴肯的陡坡回家，在戰後從瑞典回家；時間已經耽擱了很久，他小心翼翼的，穿了一套舊舊的灰西裝，背上揹著一只灰袋子，有一樣東西杵在袋子外面很像是釣魚竿，他的腳步不是用拖的，也沒有一拐一拐的，我們看得出他沒有受傷，他仍然走得很慢，彷彿走在廣闊無聲的靜默裡，在真空裡。我們為什麼要站在窗口，而不趕在火車到站前去車站或是在路上迎接他，今天我也記不得了。或許我們害羞。起碼我是這樣，我一直很害羞。我母親站在一樓敞著的門口咬著嘴唇，手裡絞著溼透的手帕，她控制不住她的兩隻腳，跳上跳下就好像非上廁所不可的樣子。她再也忍不住了，她跨過門檻跑上馬路，在那些花園裡都有觀眾在目睹的情況下投入了我父親的懷抱。她當然應該這樣，也一定會這樣，當時她還很年輕，她健步如飛，但是我記得的她卻是她後來改變的樣子：不友善、糊塗，體重超重。

我父親必定料到會有這樣的歡迎。我絕對相信。我們有八個月沒有見到他，沒有聽到一個字，直到兩天前，所以我們知道他要回來了。我姊姊稀里嘩啦的跑下樓跑上馬路，她拷貝了我母親的每一個動作，我儘管尷尬得要命，還是慢慢的跟了上去；我很不容易讓自己這麼激動的，我不是這樣的人，我停在信箱旁邊，靠著它，看著她們兩個站在馬路中間依偎著我父親。

我從她們的肩膀看到他的臉：先是困惑和無奈，然後他的眼睛在搜尋我，我的眼睛也在搜尋他。我輕輕點個頭，他也點頭微微的一笑，一個只給我一個人的笑，一個祕密的笑，我知道從那一刻起，就只有我們兩個人，我們有了約定。不管他離開多久，在那一天他是如此的靠近，似乎比戰爭開始之前都來得近。當時我十二歲，就在這一瞬間，我的生命從這裡轉換到了那邊，從她轉到了他，有了新的目標。

但也許是我太渴望了。

我呼著氣走到湖畔蓋滿了雪的長椅。天鵝湖，我就像小孩一樣，幫它起了個名字，天鵝湖在手電筒的光線下黑悠悠的一片。冰沒完全凍結，還沒那麼冷，但在這種時候，當然也看不到天鵝。牠們可能躲入乾地上濃密的燈心草叢裡過夜去了，長長的脖子像打了白色蝴蝶結的羽絨環，腦袋鑽在翅膀底下，我可以想像這個畫面，要等到天亮牠們才會到岸邊覓食，趁著湖水還「開著門」時。冰封後牠們又該如何，這是我還未想到的事，牠們為何不飛到南邊那些不結冰的湖去，難道要在這裡一直待到春天嗎？是否天鵝也待在挪威過冬？我一定要查個清楚明白。

我用手臂鏟除長椅上的厚雪，採取畫圓圈的方式，然後拿手套刷掉殘餘的雪花，我把外套儘量拉到屁股底下再坐下來。萊拉在雪地上呼啊咻的，蹦蹦跳跳快樂得不得了，甚至倒在地上一再的翻來滾去，四條腿翹得半天高，用她的背在雪裡又扭又蹭，開心的讓她的毛皮吸收著某些曾經在這裡出沒過的氣味。搞不好是一隻狐狸。如果是真，回家得好好給她洗個澡，這種情形已經不是第一次，只要一進廚房我就知道那是股什麼味道。只是現在天仍舊黑暗，我可以坐在這天鵝湖畔思考一下我的抉擇。

十五

我慢慢走上小山坡回家。黎明的天色混著紅和黃，氣溫上升了，我臉上有感覺，毫無疑問的，雪很快會融化掉一部分，說不定到黃昏就沒了。無論我之前說了些什麼，現在的感覺是掃興。

院子裡有一輛車停在我的車旁邊。我從斜坡底下就可以清楚的看見，是一輛白色的三菱休旅車，很像我原來考慮要買的車型，帶幾分粗野，跟我買了準備住下去的這個地方也很搭，那是當時在我下了決定之後的看法。我就是喜歡那種帶了幾分粗野的調調，尤其在一間稍微一個動作就讓所有東西碎裂的玻璃屋裡待了三年之後，我更愛這份粗野。而這次搬遷之後，我迷上的第一件襯衫是紅黑格子，厚棉絨布的，我從五十歲起就沒穿過這種襯衫了。

有個人站在白色三菱前面，一位女士，從外表看，穿了黑大衣，沒戴帽子，金色頭髮捲捲的，不知道是自然捲還是專業技術使然，她讓引擎繼續跑著。我看得見排氣無聲無息的往上升。她站著，很放鬆，在等待，一隻手搭在額頭上或是頭髮裡，望著我往上走來的路，這個人的樣子我好像曾經見過。萊拉的視線捕捉到她了，立刻像陣風似的奔向她，我沒有聽見任何車子開過來，從小徑轉上大路的時候也沒注意到雪地上有任何輪胎的痕跡，最主要是我沒想到會有車上來，不可能在這個時間。時間頂多不過八點。我看手錶，八點半。喔。

站在那裡的是我女兒。兩個孩子中的老大。她的名字叫艾琳。她點了支菸，照她習慣的拿菸方式，手指離開身子向外撐，好像準備要把它遞給什麼人，或是裝作那支不是她的菸。光是這一點就讓我認出是她。我隨便算算，她應該有三十九歲了，還是很有吸引力的一個小姐。我並不認為她長得像我，她母親確實很好看。我起碼有六個月沒看到艾琳了，我搬家後沒跟她說上話，或者更早也說不定。坦白說，我不怎麼想她，還有她妹妹。要顧的事情太多。我走上斜坡頂，萊拉站在艾琳跟前搖著尾巴，讓她拍著她的頭，她們彼此並不認識，不過她喜歡狗，狗兒們立刻會很信任她。從她很小的時候就如此。這使我想起最後一次看見她時她養了隻狗。一隻棕色的狗。我只記得這些。挺久以前的事了。我停下來擺出最自然的笑容，她直起身子看著我。

「是妳啊。」我說。

「是啊。有沒有嚇一跳？」

「當然囉，」我說，「妳還真早。」

她的笑容才露出一半就退了，抽了口菸，再慢慢的呼出來，這次拿菸的手臂幾乎整個撐直了。她不再有笑容。這真的令我有些擔心。她說：

「早？也許吧。反正睡不好，我想不如就早起出發。差不多七點左右，屋子裡該走的人剛好都走了。我給自己放一天假，好久以前就想這麼做了。開車到這裡不超過一個鐘頭。我還以為要更久呢。感覺很好，其實一點都不遠。我也剛到。大約十五分鐘。」

「我沒聽見車聲，」我說，「我在林子裡，底下靠湖那邊。下了很多雪。」我轉身指著，還沒等我回轉過來她就把香菸掐滅了丟在院子裡，走上前伸手環著我的脖子摟住我。她香香的，跟以前一樣高。這沒什麼奇怪，人到了三、四十歲多半不會再長高了，不過確實有一段時間，我一年裡有大半年都在外旅行，在挪威每一個可能的方向來來去去，來來去去，每次回來這兩個女兒都在長高，或者是我的感覺吧，姊妹倆安安靜靜的並排坐在沙發上，我知道她們在盯著那扇門看，過不久我就會從那扇門進來，我記得在當時這令我很困惑，甚至有時候令我很不自在，當我終於真的進來的時候，看見她們坐在那裡，一副又害羞又充滿著期待的樣子。現在我也有一點不自在的感覺，因為她很用力的摟著我說：

「嗨，老爸，看到你真好。」

「嗨，女兒，我也是。」我說，她不放手，仍舊保持原來的姿勢輕柔的在我脖子上說：

「我跑了八十多哩路，問遍所有的鎮公所，才查出你住的地方。我忙了好幾個禮拜，你居然連電話都沒有。」

「對，好像是沒有。」

「不是好像，是確定**沒有**。討厭啊你。」她說著往我背上捶了好幾下，當然很輕。我說：

「別激動，我是個老頭子啦，不要忘了。」她也許在哭，我不太確定。總之她把我摟得好緊，連呼吸都困難，我沒有推開她，只是繼續憋氣，我也環抱著她，帶著一點試探的意味，等著她自動鬆開手。過一會，我放下手退後一步，喘了口氣。

「去把引擎熄了吧。」我說，有點喘的朝停在那裡哼啊哼的三菱點個頭。太陽第一束光芒閃亮在新噴過的白漆上耀得我眼花，眼睛刺刺的，我閉上了一會。

「啊，對，」她說，「我會。你**真的**就住在這兒。我認不出是你的車，還怕說又找錯了地方。」

我聽見她走到車子那邊，我往旁邊移了幾步睜開眼，她打開車門鑽進去拔了鑰匙關了車燈。整個安靜了。她真的在哭，我看見。

「進來喝杯咖啡，」我說，「我非坐下來不可，我的腿經過雪地那番折騰完全不行了。我說過，我是個老頭子啦。妳吃早餐了嗎？」

「還沒，」她說，「來不及。」

「那就來吃吧。來。」

萊拉一聽見「來」這個字大樂，三兩步就站到了門前。

「她好可愛，」我女兒說，「什麼時候養的？她不是小狗了吧？」

「六個多月前。我去奧斯陸外圍的動物收容所，那是專為動物設的一個家。那地方叫什麼名字我不記得了。我毫不考慮的選中她，因為她就這樣走到我面前坐下來搖尾巴。簡直是毛遂自薦，」我打哈哈的說，「那裡的人也不知道她幾歲，是什麼品種。」

「那地方叫做A.R.A.，動物中途之家協會。我去過一次。看起來她好像各種品種都沾了一點。在英國把她叫做『大不列顛總匯』，這個稱呼很傳神的挑明了牠們是各種類型的綜合體。不過她真的很可愛。叫什麼名字？」

艾琳在英國讀過兩、三年書，學了不少。那時候她已經長大了。在那之前有好幾年，她都很懵懂。

「她叫萊拉。名字不是我想出來的。她戴的項圈上這樣寫著。我很高興選擇了她，」我說，「我真的一秒鐘都沒後悔過。我們相處得非常好，她使得獨居的生活容易多了。」

最後這些話似乎有一些自憐，對於我在這裡的生活有些許的不敬，我沒有必要防衛或是向任何人解釋，即便是自己的女兒，我非常愛她，我必須說，她起了絕早開著她的三菱在黑漆漆的道路上，從奧斯陸的市郊，應該說從馬利達蘭，一連通過好幾個郡縣才找到我住的地方，因為我不曾告訴她，甚至連想都沒想過——對於自己所做的這一切。冒出這句話好像是有些奇怪，她的眼睛又溼了，令我有些許的不快。

我打開門，萊拉待在門階上等我和艾琳先走進玄關。我用一個訓練有素的小手勢叫她進來。我把女兒的大衣外套掛在萬用鉤上，隨著她進了廚房。裡面仍然很暖和，我掀開爐門看，果然如我的預期，爐室裡還有熊熊的餘火。

「這樣省事多了。」我打開柴箱，先在餘火上撒了些燃料和紙條，再在周圍排上三根不大不小的木材。我打開盛灰盤的蓋子讓它通通風，立刻冒出了悅耳的爆裂聲。

「這裡很舒服。」她說。

我關起爐門看看四周，我不知道她說得對不對。在我的整頓計畫大肆展開時我的確抱持這樣的希望，不過它算是很乾淨，很有條理。她也許就是這個意思，也許她以為一個單身老頭應該是另外一種光景，現在卻給了她正面的驚訝。如果真是這樣，她一定忘記我們在一起生活的日子了。雜亂跟我不合，我也從來不沾。我是個一絲不苟的人；每一樣東西都要在它應該在的位置，隨時方便取用。灰塵和雜亂會令我緊張。只要有一次疏於打掃，很容易一發不可收拾，尤其在這樣一棟老房子裡。在我眾多的恐懼當中，就怕變成那個穿著邋遢，拉鍊沒拉站在便利商店櫃台邊，襯衫上還沾著雞蛋的男人，也怕在鏡子裡照出一副鬼相。一個遭遇船難的人沒有了可以依附的錨，就只剩下一些不合宜的亂想了。

我叫她坐上餐桌，我把壺裡裝滿清水放上爐架，立刻響起嘶嘶的聲音，一定是早上用過之後忘了關開關，這是相當嚴重的事，看樣子艾琳沒注意，我也就不管了，切了幾片麵包放在籃子裡。我忽然有些生氣還有些作嘔的感覺，我看見我的手在抖，我走過她身邊去拿糖、牛奶、藍色餐巾和所有早餐需要用到的東西，刻意保持一個角度不讓她瞧見。我在兩、三個鐘頭前才吃過，現在並不餓，但是我仍舊準備了足夠我們兩個人的份，免得她一個人吃覺得尷尬。終究我們有好長一段時間彼此沒有見面了。說實在的我還寧願不見，這會兒我想不出還有什麼事可做，我只好坐下。

她望著窗外的湖光。我也看著相同的方向說：

「我叫它天鵝湖。」

「那，有天鵝囉？」

「當然。我看過的就有兩、三個家族了。」

她轉過頭來。「告訴我。你真的還好嗎？」她問，彷彿我的生活一共有兩個版本，現在她沒有半點要哭的意思，倒像是一個咄咄逼人的質問者。她是在演戲，我知道，在這個角色背後還是她原來的自己，起碼我希望如此；她的人生還不至於轉變成一個嘮叨婆吧，就算這次我原諒了她的表現。我做一次深呼吸，振作起精神，把兩隻手壓在大腿底下，向她敘述我在這裡的日子，告訴她我忙得多起勁，做木工、砍木頭，和萊拉一起走長路散步，也告訴她我有個在必要時能合作的鄰居，他的名字叫拉爾司，一個會用鏈鋸很機伶的傢伙。我們有很多共通點，我帶著一些晦澀的笑意說，可是我看出她對這個話題不太有興趣，我也就不再繼續，我說我現在對下雪的事有些焦慮，因為冬天真的來了，不過我也有因應的辦法，相信她開車過來的時一定也發現了，我已經跟一個叫阿良的農夫達成協議。他駕駛帶犁頭的拖拉機，只要有需要就能來幫我做清除的工作，當然要付費。所以我一切都很好，說著我笑了笑，我也聽收音機，我說，只要在家就會聽上一整個早上，黃昏入夜的時候看看書報，不設限的，最常看的是狄更斯。

這次她是真心的笑了，眼睛沒有溼溼的，也不咄咄逼人。

「以前在家你總是看狄更斯，」她說，「我記得最清楚。你拿著書坐在椅子裡，隔得八丈遠，我走過去拉你的袖子問你在讀什麼，起初你好像認不得我，然後才回答說『狄更斯』，表情好嚴肅，我當時就認為讀狄更斯一定跟讀其他的書不同，它一定很特別，大概不是每個人都能讀的；當時我就是這個感覺。我甚至不知道狄更斯是你手裡那本書的作者名字。我以為那是只有我們家才有的一本書。有時候你還會大聲朗讀，我記得。」

「有嗎？」

「有，你有。從《塊肉餘生錄》開始，等我長大了我發現自己也愛看這些書。在那段時間裡你對《塊肉餘生錄》似乎永遠也不會厭倦。」

「離最後一次到現在已經好久沒看了。」

「可是書還在對不對？」

「對，當然在。」

「你應該再看一次。」她撐起手肘用手支著下巴說：

「我會不會變成自己的人生裡的英雄，或者會不會由別人來主宰一切，書裡自有分曉。」

她又笑笑說：「我總覺得開頭那幾行有點可怕，因為上面寫著我們沒有必要做自我人生裡的主角。我無法想像這是怎麼個說法，太可怕了，那根本是一種行屍走肉的人生，我只能眼睜睜的看著那個人取代我的位置，我也許對她恨之入骨，妒忌到不行，卻無能為力，因為在人生的某個點上我出局了，就好像從飛機上，我可以看見這個畫面，投入虛無的太空，我在那裡飄飄盪盪回不來，我的座位上坐著另外一個人，雖然那是我的位子，機票也在我手裡。」

對於這番話我真的很難置喙，我沒有想到她會有這樣的想法。她從來沒對我說過。當然更簡單的理由是，她需要說話的時候我都不在，問題是她可能不知道我每次看《塊肉餘生錄》一開始的那幾行都有和她相同的想法，然後我就不得不繼續往下看，一頁接一頁，驚恐到全身僵硬，因為我必須知道結局是不是都能各就各位，最後當然是的，但總要經過好長一段時間我才會覺得安全。這是書。真實的人生又另當別論。真實生活中我沒有勇氣開門見山的問拉爾司：

「你是不是取代了原來應該是我的位子？你是不是過了好些年應該是我過的日子？」

我從來沒想過父親會去南非、巴西之類的國家或是溫哥華、蒙特維多之類的城市為他自己開創一個新生活。他是不逃避的，不管是為義憤還是為熱情接下任務，或是遭受命運的打擊人生不如意，他都不會慌張落跑，像約拿那樣瞇起一雙害怕的眼睛躲在沉靜的夏夜裡。我父親不是水手。他待在河邊，這一點我非常確定。這是他的心願。拉爾司來我這裡之所以不談他，拉爾司之所以不提起我的父親，從我們相認以來一個字都沒提過，想必是因為他認為沒有必要，或者因為，像我自己一樣，他一時沒有辦法把這些人，連他自己和我在內全部兜籠在一起；簡單一句，因為他無話可說。我很了解。我這一生幾乎都是如此。

這不是我現在要想的事情。我倉促的站起來，撞到了桌子，桌子一晃杯子跳起來咖啡潑灑在桌布上，黃色的奶杯倒翻了，牛奶湧出來跟咖啡混在一起，一條「小溪」流下來，直奔艾琳的腿上。最大的問題出在地板傾斜，牆與牆之間有五公分的落差，我早就量過了，也早該做一些補救，只是鋪新地板可是一件不得了的大工程。急不得。

艾琳連忙把椅子退後，搶在「小溪」還不到桌沿的時候站起來，她抓起一角桌布往上摺，再用兩條餐巾止住了這場水災。

「抱歉。我太急了。」我說。令我吃驚的是，我聽見從我嘴裡說出來的這幾個字口氣非常急促，好像跑得上氣不接下氣似的。

「沒關係，我們只要趕快把這塊桌布撤下來放到水槽沖洗一下，用一點洗滌粉就沒事了。」她以一種從來沒人在此展現過的掌控大局的架式，我沒有任何抗議；她迅速把桌上所有的東西都移到工作台上，把桌布放在水龍頭底下沖洗沾汙的部分，小心的擰乾，再把它披在火爐子前面的椅子上烘乾。

「以後你可以放進洗衣機洗。」她說。

我打開柴箱再往爐子裡添了兩、三塊柴火。

「其實，我沒有洗衣機。」我說，這句話聽起來一副窮困潦倒的樣子，我忍不住笑了，可是笑聲似乎不怎麼對勁，而艾琳，我看得出她聽出來了。在這種情況下真的很不容易拿捏恰當的聲調。

她擦著桌子，那塊抹布在自來水底下沖了又沖、擰了又擰，好像上面全是牛奶，非要徹底沖洗才能去掉那味道似的。忽然她身子一僵，背對著我說：

「你是不是寧願我不要來？」彷彿一直到現在她才意識到這一層可能。不過這是個好問題。我一時沒有回答。我坐在柴箱上努力集中思緒，她又說了：「或許你是真的想圖個清靜，所以你到這裡來，是嗎？你會搬到這個地方，是因為你要清靜，可現在我來了，天剛亮就闖進了你的院子，這根本不是你要的，如果照你的看法，是不是這樣？」

她說這段話始終背對著我。她把抹布扔在水槽裡，兩隻手用力抓住工作台的邊緣，她不轉身。

「我改變了我的生活，」我說，「這是最重要的。我賣掉了公司所有來到這裡，因為不得不，否則一切都會不堪設想。我沒有辦法再像那樣繼續下去。」

「我了解，」她說，「我真的了解。可是你為什麼不告訴我們？」

「我不知道。這是實話。」

「你是不是寧願我不要來？」她再問，很堅持的樣子。

「我不知道。」我說，這也是實話；我不知道對於她的到來我究竟抱著什麼想法，這不在我的計畫之內，然後一個念頭突然出現：現在她要走了，一去不回了。這個念頭令我一陣恐懼，於是我飛快的說：

「不，不是這樣的。不要走。」

「我沒有要走的意思，」她說，這時她才從水槽轉過身子，「現在還不走，不過我想提個建議。」

「什麼建議？」

「裝一台電話。」

「我會考慮，」我說，「真的，我會。」

她待了好幾個小時，等到上車的時候天又快黑了。這中間她帶萊拉出去遛了一圈，這是她的主張，而我趁這個時間上床歇息了半個鐘頭。我的屋子現在不同了，院子不同了。她開著車門發動引擎，說：

「現在我知道你在哪裡了。」

「太好了，」我說，「我很高興。」她簡短的揮揮手砰上車門，車子開始往斜坡駛下去。我走上門階關了院子的燈，穿過玄關走進廚房。萊拉跟在我後面；即使她在我後面，這房間還是有些空盪的感覺。我朝院子看，什麼也沒有，除了我自己的身影反映在暗黑的玻璃上。

十六

原木送走後，法蘭慈常常到我們家來。他賞自己一個假，他總是笑哈哈的這麼說。他穿著短褲坐在門外的石板上，一支菸一杯咖啡，加上那兩條白腿看起來真怪。天空除了藍還是藍；你要說它會在最短的時間裡從淺藍轉成無懈可擊的藍也行，在我來說，不如下點小雨來得好。

我父親大概也是這個想法。他還是一刻也停不下來；他會帶一本書到河邊去看，躺在停泊的小船裡，脖子下塞個墊子靠著座位板，或是十字架松樹下那塊斜斜的石頭上，似乎他完全沒想到一九四四年那個冬日在這裡發生過什麼事，也許想到了，只是強迫自己一副無所謂的樣子，為了表現一個男人所顯現的鎮定和平衡，他可以自在的享受他的生活。但是他騙不了人。他一心想著那些原木，從他抬頭望著下游的眼神我看得出來，這激怒了我，對他來說那才是**最最重要的**。我們不是有約定嗎？我們說好，**我在這裡**，我們要一起過完所剩無幾的夏天，在它永永遠遠消失之前。

我們到達這裡之後的一天，他提出一個騎馬三日遊的計畫，我當時不也認為這是個很棒的主意嗎？我問他心目中想到的是哪些馬，他答：巴卡的馬，我興奮極了，這真是一個不得了的好主意。現在我偷偷的搶先一步，其實我和約拿，我們那天在森林裡並沒有好好的騎到那些馬，而且結局也不太妙，現在回想前因後果，那不是我的問題，也不是約拿的問題，總之從那天起我就再沒聽說過任何相關的人和事了。所以我真的大吃了一驚，那天早晨我睜開眼從窗口聽見噴鼻息和跺腳的聲音，就在屋子後面的那塊野草地上。也同樣在那塊草地上，我做出一個很沒用的行為，我居然不敢用短柄的鐮刀割除那邊的蕁麻，因為怕痛。而我父親直接用手，就把它們連根拔除，他說：「痛不痛都在你自己決定。」

我趴過床鋪搆到窗口，兩手撐著窗台把臉貼緊玻璃，我看見兩匹馬在草地上吃草。一匹棗紅另外一匹黑色，我立刻看出來這就是我和約拿那天騎過的兩匹馬，這究竟是好兆頭還是壞兆頭，那天早上要是有人問我，我還真不會說呢。

我照常從上鋪跳下來，完美落地毫髮無傷。我的膝蓋現在好多了，才兩、三天的時間而已。我使力地往窗外趴，只差沒有翻出去。我看見父親抱著一具馬鞍從柴房出來，他把馬鞍甩上鋸木架，兩個馬鐙各在一邊晃著，我喊著：

「你去偷馬了嗎？」他停下來僵了一會兒，轉過身看見我掛在窗口，這才發覺我只是一句玩笑話，他大聲說：

「馬上給我離開那兒。」

「是，長官。」我喊著。

我拎起椅子上的衣物，奔進客廳，以最快的速度邊跑邊穿，這隻腳跳完那隻腳跳的把褲子套上，腳也幾乎無法好好踩進運動鞋裡，就這麼半蒙著頭衝上台階，襯衫袖子還在頭上亂飛亂拍。我的臉終於脫困，我看見父親站在柴房門邊盯著我笑得開心，他懷裡抱著另外一副馬鞍。

「這是給你的，」他說，「如果你還有興趣的話。之前你有過，我記得。」

「我當然有興趣，」我說，「我們現在走嗎？去哪？」

「別管去哪，先來吃早飯，」我父親說，「然後我們得把馬匹配備好。這要花一些時間，這些事馬虎不得，不只是去哪裡的問題。從現在算起我們有三天的租用期。你知道巴卡，他不隨便出借東西的，連我都不明白他怎麼會答應。」

我可一點都不覺得奇怪。巴卡一直很喜歡我父親，按照法蘭慈的說法，他們之間的信任超乎我的想像。搞不好這塊地我父親根本不必付租金，搞不好巴卡就把這裡讓給他了，因為他們是那麼要好的朋友，戰爭結束前曾經一起經歷過許多事。戰爭結束後一切都不同了，不是嗎，從我們第一次來到這裡，森林和河流在我來說都很陌生，小店旁邊的院子是新的，橋是新的，還有我從來沒見過的那些黃得發亮、在河上移動的原木，巴卡是一個我不太有好感的人，他有地有錢，而我們沒有，我以為我父親也是同樣的感覺。但顯然不是，他現在說的這些話，一定是故作輕鬆，要不就是拋了一層面紗遮掩起事實的真相。

這樣一來，所有的事似乎都有一些曖昧了，不過我不能鑽牛角尖，因為夏天就要過了，至少對我們而言。還記得送原木下水的那天幾乎毀了我膝蓋的鬱卒感，竟莫名其妙的從我身上脫離了。現在我像父親一樣的停不下來，我急於抓住每一樣的可能，在我們剩下的日子裡，在河裡，在四周的風景裡，趕在我們回歸奧斯陸之前。

我們就這樣出發了：趁著陽光還在福祿傑勒高高的山脊上，森林小徑還殘留著最後一絲的暖意，看著耀眼的樺樹枝幹有如奇歐瓦族的弓發射出的利箭一路在林間穿梭，搖擺在砂石小徑兩邊顏色深綠的蕨類就像主日學校經文中聖枝主日⑱拿的棕櫚葉。我們騎著馬慢慢的踱上小徑，經過了不久前我曾睡過一宿的老牛棚，突然我身體裡一陣熱，現在應該是馬兒熱熱的脅腹貼著我大腿的關係，而我的臉是因為迎著從南邊吹來的暖風。我們走在河的東邊，吃過了早餐，裝備好了鞍囊，捲好了露天睡覺時保暖用的毯子，禦寒的厚外套一併跟毯子綁在一起，馬匹打理得很整齊，馬鬃閃閃發亮。向西的山脊上，成堆的雲朵在山頂上滑行，不會下雨，我父親說，他搖著頭登上了馬鞍。

牛棚外面，擠牛乳的女工正在溪流裡用水和蘇打粉清洗鐵桶和盆子，閃耀的陽光映在金屬上，映在灌進桶子又潑出來的冰冷清水裡，我們向她揮手，她也舉起手揮著回應，一條閃亮的水線在空中飛出了一個弧形然後墜落地面。馬兒噴著氣點著頭，當女工看清楚經過的人是誰的

---

⑱ 或稱棕櫚週日。

時候，放聲大笑起來，笑聲裡沒有任何惡意，我也沒有臉紅。

她的聲音很好聽，我覺得就像銀笛的聲音，我父親在馬鞍上轉過頭看著緊隨在他身後的我。我還在忙著調整馬鞍上的位置。「屁股放鬆，」我父親說，「讓你的屁股成為馬的一部分。你座位上有一個軸承，」他說，「要利用它。」我知道他是對的，我的身體如果能運作自如，那騎馬絕對沒問題，只要我有心。

「『她』你也認識？」我父親在問我。

「是啊，我們很熟，」我說，「我見過她好幾次了。」這句話有些誇張，可是他說的「她……也」我不知道他指的還有誰，難道是指約拿的母親，他的口氣令我懷疑他是不是還在生我的氣，為我們把木頭送下水那天的事，他又說話了：

「找個跟你同樣年紀的如何？」

「這裡根本沒有。」我說。起碼這句話是真的。兩個夏天，在這方圓幾公里之內，我就沒見過跟我年齡相近的女孩，我真的無所謂。我沒時間找什麼年齡相近的人，我找她做什麼？現在這樣很好，我聽見自己的聲音變得僵硬有敵意，他直直的看著我，然後笑了。

「你說得還真對啊。」他說著轉回了身子，我聽見他的笑聲。

「你在笑什麼？」我抓狂的大嚷，他沒有回頭，只是對著空氣說：

「我在笑我自己。」我想他說的就是這句話，而且很有可能是真話。他確實有這分能耐，笑他自己。這是我最不會的，他卻常常如此。可是他現在為什麼要笑呢，我不明白。他用腳跟溫柔的碰了碰馬兒的兩側，馬加快了速度輕快的小跑步起來。

「走吧。」他叫著，跟在他後面的我有些手忙腳亂，我的馬也開始跟著小跑步了，我忙著把屁股對準馬鞍上的軸承，調好正確的位置。牛棚消失在後方的樹林裡，院子裡擠牛乳的女工還在，她光澤的膝蓋在裙子底下，而那隻有力的手臂則舉在半空中。

我們沿路向前行，從大路變成了窄窄的小徑，到了路口轉彎的地方我們並不跟著轉，那裡可以直通河邊和燈心草叢裡的小碼頭；有個晚上在奇怪的光線中，我就曾經走來這裡看見我父親不顧一切的親吻著約拿的母親。現在我們走的是另外一條路，不久轉向東邊，小路逐漸縮成一道麋鹿腳印似的小道，曲折在高大的老樺樹中間，透過葉間仰頭看，就能看到沙沙作響的漂亮樹冠，我看得脖子發痠幾乎飆淚。我們橫過一條很深的溪流，那水看起來冰冰冷冷的——真的很冷，當我們快步踏過，溪水從馬腿濺上來噴過我大腿，我的長褲立刻溼透，甚至還有幾滴打到我臉上，可是馬兒喜歡。接近福祿傑勒的時候，景觀改變了，陡峭的山坡上雲杉林密密層層，沒有砍伐過的痕跡，我們順著小道上到山脊，在最高點歇了一會，掉轉馬頭回顧，透過樹梢頂，那河迂迴在新割完的牧草地中間像一條黯淡的銀帶，雲層躺在山谷另一邊的山脊上。這景觀太棒了，說真話，遠超過家鄉的峽灣，這是多少年來的第一也是最後一次能像這樣的俯瞰山谷，我知道，而我並沒有如你所想的多愁善感，我反而不開心，有點生氣。我想繼續走。我覺得父親停頓的時間超越了必要的，他朝西邊望著，我把馬兒轉個向且背對著山谷說：

「我們總不能一直待這兒吧。」

他看著我，似笑非笑的，也掉轉了馬頭開始筆直向東走，我知道那個方向是瑞典。相信到了那邊，看起來跟邊界這邊會是完全一樣的，只是感覺不同，這我很確定，因為我從來沒到過瑞典。如果那是我們前往的目的地的話。不過父親什麼也沒提過，我只是純粹假設而已。

結果我的假設沒錯。我們從山脊的另外一邊下來，穿過了一條狹窄的山隘，四面的風景就此鎖住，馬兒小心謹慎的往下走，在碎石子和蓋滿鬆動石塊的斜坡上小心走著，斜坡很陡。我儘量往後靠著馬鞍，兩條腿撐得筆直，兩隻腳使勁踩著馬鐙，以免從馬脖子翻下來一路滾下斜坡，鐵蹄聲在兩邊都是岩石的山隘中間響個不停，當然還有回聲，所以你不能說我們是安靜的走著。不過這倒沒有什麼關係，我想，反正也沒人在追趕我們，沒有荷著輕機槍和望遠鏡的德國巡邏兵，沒有嘴唇薄薄身形勁瘦的美國警官在跟蹤我們。這騎著同樣勁瘦駿馬的警官，總是日復一日地和我們保持著不太近也不太遠的距離，他很有耐性的等待著這一刻，等著我們累到鬆懈，累到有一瞬間忘了戒備——他於是展開攻擊，毫不遲疑也毫不憐憫。

我在馬鞍上很小心的轉過身去看，我要確定後面沒有這樣一個騎著灰色瘦馬的人，我努力的聽，可惜我們兩匹馬的聲音在這條狹窄的山隘裡實在太大，其他什麼也聽不到了。

到了斜坡底就是平原，背著一大片山脊的陰影，太陽在我們的背後，兩匹馬兒輕鬆的跑了起來，父親指著一個土丘，那頂上一棵孤獨而彎彎的松樹，他喊著：

「你看見那棵松樹嗎？」

這裡沒有別的東西可看，所以我喊回去：

「當然看見。」

「那裡開始就是瑞典了！」他仍舊指著那松樹，好像不指就很難看出來。

「知道啦，」我吼著，「看誰第一個到松樹那邊！」我的腳跟往馬的兩側一夾，牠立刻改變步法往前飆，但是這突然的猛衝，卻使我一失手鬆開了韁繩直接彈出馬鞍，從馬屁股滾下來摔在地上。父親在我身後大嚷：

「精采！安可！再來一次！」他大笑著策馬經過我，趕著去追那匹逃開的馬。不過一百公尺左右他就追上了牠，他在高速奔馳下彎身一把抓住韁繩，然後在平地上一個大迴轉再騎回來，這一招是在昭告全世界，這也是他可以做到的一件事。可惜全世界不在這裡，這裡只有我像個空袋子似的躺在野草地上，看著他領著兩匹馬向我走來。我身上並不怎麼痛，可是我依舊躺著。他下了馬，走過來蹲在我前面說：

「對不起啊我剛才笑你，實在是太滑稽了，好像馬戲團表演。我知道對你來說不好笑。我那樣笑真夠蠢的。是不是很痛？」

「還好。」我說。

「心裡有點痛？」

「有一點。」

「讓它去吧，傳德，」他說，「別放在心上，對你沒有好處。」

他伸出手來拉我，我握住了，他把我的手捏得好緊，捏得發痛，卻不拉我起來，反而跪在地上，抱住我把我攬在他的胸口。我真不知道該說什麼了。我太驚訝了。當然我們兩個是好朋友，一直以來都是，往後也沒問題。他是我最敬重的一個大人，何況我們還有約定，我對我們的約定深信不疑，但我們真的沒有擁抱的習慣。我們會玩打仗，兩個人像白痴似的在農場的空地上打打鬧鬧翻來滾去，那裡空間夠大很適合玩這種小孩子的遊戲——可是這不是玩打仗，恰恰相反，我記憶中他從來沒做過這樣的事，感覺很不對。不過我還是讓他摟著我，只是我不知道兩隻手該往哪放，因為我不想把他推開，又沒辦法像他擁抱我那樣擁抱他，所以乾脆由著它們在那裡垂著。還好我不必考慮太久，他已經放開我站起身，再握住我的手把我拉起來。他微微的笑著，我不知道是不是針對我，我不知道該說什麼。他把我那匹馬的韁繩交給我，替我撢掉襯衫上的塵土，他又恢復了原來的他。

「我們最好儘快進入瑞典，」他說，「別等到整個國家淪陷，我們不知道何去何從，那時候就只剩下波士尼亞灣⑲和另一邊的芬蘭了，目前芬蘭還派不上什麼用場。」他說的話我一句

⑲ Gulf of Bothnia，位於波羅的海北部的海灣，介於芬蘭西岸與瑞典東岸之間。

也聽不懂，好在他一腳踩著馬鐙翻身上馬了，我也照做。我已顧不得姿態優不優雅，只覺得全身僵直痠痛，我們慢慢往那棵松樹攀登上去。那彎彎的松樹很像一座雕刻，我們越過邊界進入了瑞典，果然如我所料，在越過之後所有的一切看來雖然相同，感覺卻完全不同。

當晚我們睡在一塊突出來的懸崖底下，之前有人在這裡生火。我們找到兩大堆剩下來搭床用的雲杉嫩枝，小樹枝上的針葉早都變黃剝落了，我們把老枝清除乾淨再從附近樹林砍了些新枝，用的是我早先愛不釋手的一柄小斧頭，我們再把大小樹枝在懸崖底下鋪排成兩張柔軟的睡床，當你一睡上去把臉幾乎整個埋在裡面時，那濃濃的味道很好聞。我們取來了毯子，在石頭圍成的圈圈裡生營火，各坐在火焰的一邊進食。我們把好幾條繩索連接成一整條，繞著四棵雲杉綁好圍成一個保護環，每棵樹之間都有相當的間隔距離，再把兩匹馬放開。從我們坐在火堆邊的位置，只能聽見牠們在柔軟的林地上到處走動，偶爾會清楚聽見馬蹄敲到石頭的聲音，和彼此喉嚨裡發出來的輕聲細語，但是牠們的身影看不大清楚，現在是八月，入夜時格外的黑。火焰輝映在我頭頂的岩壁上，讓我進入了彩色的夢境，夜裡醒來時，我起先什麼也想不起，搞不清楚自己在哪裡或為什麼會在這裡。火還在燃燒，火焰的光芒耀眼明亮，還有新的一天也透著微微的光。我小心地走向馬匹，記憶終於甦醒了，就在樹根和石子刮擦著我腳底的時候，所有的事情都慢慢流淌回來了，我悄悄的對著兩匹馬兒說著一些說過就忘的悄悄話，上上下下的撫摸著牠們強有力的脖子。牠們的氣味，我後來還能在指間聞得到，也感受到一種平靜，而讓我可以獨自一人到大石頭後面做著我半夜醒來會做的事。等我再回來時，我實在愛睏到了極點，中間絆倒過好幾次，直走到凸出的懸崖底下我才一把拉上毯子，立刻睡到不省人事。

那幾天就是最後那段日子了。我現在坐在這裡，這棟老房子的廚房裡，我打算要把這裡改造成一個可以安度餘年的地方。我女兒做完一次意外的拜訪之後走了，她的聲音她的香菸她車子的橙色燈光也一併帶走了，我回頭看當時，發現風景中的每個變動都來自事件過後留下的顏色，兩者不可分離。有人說，過往就如同另一個國家，那裡的行事作風本來就不同，感覺上我的人生多半都是如此，因為當時我不得不如此。可是現在我不必這樣，只要我的精神一集中，我就能走進記憶的小鋪，在對的架子上找到對的影片，讓自己隱沒在裡面。在我的身體裡，仍舊感覺得到那一次和我父親在林間的馳騁；沿著山脊高高的騎在那條河之上，再從山脊的另一邊下來，越過邊界進入瑞典，深入一個完全陌生的國家，至少在我來說。我靠坐在營火旁，在那塊凸出的懸崖底下，那個夜晚我第二次醒來，看見我父親睜眼躺著，瞪著上方的岩石，他兩手枕在腦袋底下動也不動，餘火的紅光映在他的額頭和有鬍碴的臉頰上，縱使我再怎麼不想睡也撐不住太久，看不到他在黎明前到底有沒有闔過眼。總之他起得比我早多了，也已經為兩匹馬梳理整頓過，心急著準備出發；他緊張的來來去去忙著，但是口氣並不嚴厲，我聽得出來。

我們收拾起行李上好馬鞍，我的夢境還沒完全脫離，神思還在恍惚不清，我們兩個就上路了。

我沒看見就聽見了河流，我們繞過一座小山它就在那裡，在林木之間看起來幾近白色，空氣好像有了些改變，讓人呼吸變得比較順暢。我一眼便看出這是我們自己的那條河，只是更往南進到了瑞典，雖然不可能憑著它流動的方式認出是哪條河，但我確實是憑這樣認出來的。

不久到了岸邊，我們儘量把馬匹策往南邊，父親仔細查看上下游和對岸，起初我們只看見一根木頭在衝撞著一床燈心草，接著出現好幾根卡在一塊淺灘上。父親拿出斧頭從兩株小松樹砍下幾支堅固的桿子，我們穿著鞋涉水；我的是運動鞋，我父親穿的是綁鞋帶的大皮靴，我們用木桿當作木樁，幫忙那些木頭順利回進水流。我看得出他在擔憂，因為水位不夠高，對運送木頭來說尤其不利，他想要立刻更往下游去。於是我們上馬繼續前行，豎著兩根長桿子恰似指著天空的兩支長矛，杵在馬的兩側，好像《劫後英雄傳》裡的艾蒙豪和他的武士們握著長矛趕赴武林大賽，或是開始一場攸關生死的大戰，在古老的英格蘭對抗忤逆不道的諾曼人。我很想壓制自己的幻想，可是在馬背上，沿著河岸騎在這密林之中，真的很難，因為敵人隨時都會出現。我們走到一個河彎，轉過這個彎是一大條激流，一根木頭剛好卡在兩塊大石頭中間的河道上，光禿乾燥的石頭抵在水位降低的河水裡，愈來愈多的木頭漂過來都擠著那第一根木頭，很快便擠成一大堆，卡得死死的。這可不是我父親希望看到的。他整個人在馬鞍上似乎就要崩潰了，他的樣子令我心痛，令我不安，我跳下馬奔向水邊盯著糾成一團的原木料，再沿著河岸跑了一段路，我仍舊出神的望著河裡，然後再往回跑，跑得更遠，我跳上跳下的從每個可能的角度研究那一團糾纏。最後我對父親叫喊：

「我們只要用繩子繞住那根木頭——」我指著最關鍵的那一根，「把它從大石頭那裡稍微拉開**一點點**，它就不會卡住，那其餘的當然會跟著過。」

「說起來容易，」他的口氣平板冷淡，「我們一點都拉不動它。」他說。

「沒錯，我們不行，」我喊，「可是兩匹馬行。」

「有道理。」他說，我大大的鬆了一口氣。我跑到我的馬前面解開馬鞍上的繩子，再解開我父親那邊的繩子，把兩條繩子綁在一起，一頭打了個活結，拉緊，再從我頭上套到腋下橫過胸口，在背後稍微收緊。

「你要顧好另外一頭。」我頭也不回的喊著，不管他是否接受我下的指令，我盡可能的往岸邊跑，跑到自己認為夠遠了，才放心大膽的投進水裡。起初我幾乎是在河床上爬行，之後水忽然變深，我就朝河中央游過去。這裡的水流不算強勁，不過還是能把我拖著走，游了一下子水流動得更快。我任由自己順著水漂，一直漂到兩手碰著第一根木頭，我先試試它的承受度，再把身子往上提，讓自己的鞋子在樹幹上找到一個立足點。我站在上面晃了一會兒等待一切正常，再開始一根接一根的跳過去，手裡握著繩子，在這堆糾纏不清的原木上面跳起跳落，跳過另一邊又再回頭。為了抓住兩條腿的節奏，我做了幾個不必要的騰跳，感覺一下自己是否還熟悉這個節奏，有些木頭在我站上去的時候會打轉，改變了原來的位置，可是我已經及時跳離開了，沒有因此失去平衡。父親這時在岸上叫喊：

「你在那裡做什麼？」

「我在飛！」我喊回去。

「你哪時候學會的？」他再喊。

「在你沒看見的時候。」我叫著笑著，跳上了那一根惹麻煩的木頭，發現我要繞繩子的那一頭不巧就在水面下。

「我下去看看。」我喊著。父親還來不及回話，我已經跳下去沉入水裡，站上了河床。我感覺到水流大力的衝擊著我的背，拉扯著我的臂膀，我張開眼看見大樹幹就在眼前，我把繩套從頭上退出來綁牢在我要的位置。一切進行得太順利了，像這樣毫無重力的要我站多久都沒問題，只要憋住呼吸，兩手環抱著那根木頭便行了。不過我還是得放手浮上水面。父親收緊了繩子，我現在只要把自己拉拔上岸就行了。不久後，我站在岸上滴水，父親說：

「他奶奶的，還真不賴啊。」他笑嘻嘻的把繩子綁在馬具上，這是趁我在河裡的時候他就地取材做的一個代用品，他拎起轡繩走到馬前面大喝一聲「**拉！**」，那馬開始拚命的拉，沒有任何動靜。他再喊一次「**拉！**」，於是我們聽見急流裡傳來刮擦的聲響，就好像有什麼東西裂開來，整堆的原木一下子都翻倒了，一根接著一根滑開來，全部被下游的激流逮住了。我看我父親簡直快活極了，順便一提的是，我發現他在看我，我也在看他。

第三部

十七

彷彿一道簾幕降落下來，隱藏了所有我熟悉的東西。幾乎像是再一次出生。顏色不同，氣味不同，看事情的感覺不同。不只是冷與熱之間，亮與暗之間，紫與灰之間的不同。而是我對我所害怕的和快樂的感受都不同了。

我時時都很快樂，甚至在我離開河邊小屋之後剛開始的那幾個禮拜。我快樂又充滿期待，我騎著單車沿著海岸走，從坡度很陡的尼森巴肯俯衝而下，經過萊安車站到摩塞維恩大街，騎足七公里進入中奧斯陸，但在這同時我又極度心神不定，常常莫名其妙的哈哈大笑，注意力很難集中。這一路上行經峽灣，所看到的都是我本來熟悉的事物，卻都不像是從前的樣子；不管是奈所登或是白尼峽灣，英吉爾斯特蘭的沙灘或羅得・艾蒙森⑳的房子，不管歐孚島橫跨小海峽的漂亮大橋，或是在它後面一晃就過的麻姆島，不管威普丹根碼頭的穀倉筒，或是在這個泊著美洲客輪的港口另一邊那座碉堡的灰色圍牆。連八月尾聲的天空，在這個城市裡也不一樣了。

我到今天還能看見自己在近乎白熱的陽光下騎過歐斯本車站：一條灰短褲和一件敞著前胸的襯衫，一路翻飛的穿過貝克拉格；鐵路在這裡向左轉，峽灣在左邊，艾克伯格山脊陡峭的岩

⑳ Roald Amundsen，1872-1928，第一位抵達南極極點的知名挪威籍探險家。

坡在右邊；海鷗的叫聲，鐵軌枕木的木騮油味，抖動空氣中的生澀海水味。雖然夏天確實已經過去，八月底仍舊很熱，幾乎是熱浪的感覺，我可以用極速踩著腳踏板，讓陣陣的熱風灌進我汗流不停的赤裸胸膛，也可以在大太陽下不流一滴汗的乘風滑行，有時候我甚至聽見自己在唱歌。

這輛腳踏車是父親前一年給我的，那時候這個國家隨便哪裡都找不到一台新車。他已經買了好幾年，大部分時間都任它留在地下室裡，因為他在家的時間太少，根本用不上。時代換新了，他說，要有新計畫，這腳踏車不在計畫之列。這是他的說法，我可是很高興接收它，我把它照顧得很好。有了它我才有自由的單車行。我把它拆開過好幾次，再照父親的指示把它拼裝好。所有的關節和齒輪都洗過，也擦亮上油，鏈條跑得順得不得了，從踏板帶動的曲軸到後輪的花鼓再回到擦得發亮的護鏈蓋，一點聲音都沒有；從我一騎上去不踩踏板直接衝下山坡的那一刻起，到我轉進歐斯本車站的海邊為止，完全沒有聲音。我把腳踏車停放在自行車停車架上，再次從豔陽高照的大門外走進昏暗、灰塵彌漫的車站大廳，去研究進站的班次表。我沿著柵欄擠進在各個月台前觀看告示牌的人群裡，布滿煤煙的玻璃屋頂，高高的拱在這些人和火車的上方。我大概是唯一拉住站務員袖子，詳細詢問每一列經由艾佛倫到達奧斯陸火車時刻表的人；他看了我半晌，認出了我，之前我就問過他很多次了，最後他只是指著我早已經看過的班次表。沒有任何小道消息，沒有任何誤點的告示。

像往常一樣，我來得太早，在晦黯的光線裡我守在一根柱子旁等候，車站大廳裡一整天都是這個光線，怎麼看都不對勁，不像白天不像黃昏，不像早晨也不像晚上，到處是人們走路和說話的回聲；妙的是高高的屋頂上一片安靜，鴿子排成一長排的棲息著，灰的白的斑點褐的，都在低頭看著我。鐵梁中間到處都是牠們的窩，牠們一輩子都住在這裡。

當然他沒有來。

在一九四八年的那個夏末，這段行程我不知道走了多少次，為了等候從艾佛倫來的火車。每次我都有同樣的緊張和期待，甚至非常快樂，每當我騎上單車衝下尼森巴肯一路騎來，總是為著站在那裡等待。

當然，他沒來。

來的是等待長久的雨。我繼續每隔一天就騎去奧斯陸一次，查看他是否恰巧會在**這一天**搭上從艾佛倫來的列車。我戴上防水帽，穿上油布雨衣，這一身黃色的裝備看起來像從羅孚登來的漁夫，我還穿上威靈頓牌的雨鞋，因為雨水會刷過車輪的兩邊。大雨從艾克伯格的山坡滂沱而下，湧上路右邊的鐵道，鐵軌消失在隧道裡再從左邊冒出來，所有的房子和建築都比原來的灰更灰，而後消失在雨裡，我沒了眼睛，沒了耳朵，沒了聲音，最後什麼也聽不見看不見。於是我停下來不去了。一天不去，兩天不去，三天也不去。彷佛一道簾幕降落下來。幾乎像是再一次的出生。顏色不同，氣味不同，看事情的感覺不同。不只是冷與熱之間，亮與暗之間，紫與灰之間的不同。而是我對我所害怕的和快樂的感受都不同了。

秋天快過完的時候來了一封信。郵戳蓋的是艾佛倫，信封上是我母親的名字和尼森巴肯的地址，裡面的信紙上卻寫著我們三個人名字，連名帶姓，雖然我們都姓同一個姓。看起來很怪。信很短。他謝謝我們曾經共度的時光，令他回味無窮，但是時代不同了，這些都沒有辦法了：他不會再回來。在瑞典卡爾斯塔的一家銀行有些錢，是那年夏天我們伐運木頭賺的。他已經寫信給銀行，他在信裡附上給我母親的授權書，她只要帶著身分證明去卡爾斯塔就可以領取這筆錢。祝福大家。完了。沒有一句特別對我的問候。我不知道。我真的以為我可以得到一句問候。

「木頭？」是我母親說的唯一一句話。她已經在身體上表現出那份不離不棄的沉重，不只是她的手臂、臀部、她走路的樣子，還有她的聲音和整個的體態，甚至她的眼皮都變得很沉重，就好像一直睡不醒、意識不清的樣子，對於那件事我從來沒跟她說起過一個字，關於那年的夏天，我和我父親。一個字都沒有。只說了他會儘快回家，等他把事情告個段落的時候。

我母親向她弟弟借了些錢，一九四三年她弟弟從南岸一個警察局脫逃，並沒有被蓋世太保射殺。我們叫他阿蒙舅舅。而遭槍殺的是阿奈舅舅。他們是雙胞胎。他們不管做什麼都兩個人一起，一起上學，一起越野滑雪，一起打獵，現在阿蒙舅舅成了孤獨的獵者。他住在城裡一間小套房裡，那房子本來是他和阿奈舅舅共有的，在瓦樂潤加市。他沒結婚，頂多不會超過三十一、二歲，可是他那間位在司馬倫格塔區的小套房裡卻有一股老人味，至少在我去那裡探望他的時候有這樣的感覺。

母親帶著借來的錢買了車票，搭上斯德哥爾摩的火車前往瑞典的卡爾斯塔。我研究過整條路線：從奧斯陸的歐斯本車站一早出發，沿著格羅門河到康斯溫爵，然後轉往南邊越過瑞典的邊界和夏洛登堡，再下去到格拉夫峽灣邊的阿爾維卡，繼續朝同一個方向，就到了卡爾斯塔，這是華姆蘭區的首府，在凡儂湖的旁邊。凡儂湖相當大，卡爾斯塔簡直就像是一個港口。照這條路線，當天下午就能回來了。母親要我同行，讓我姊姊留在家裡。老是這樣，我姊姊說。她說的全對，可是這關我什麼事。

這次不再是從摩塞維恩大街到歐斯本車站的單車行，而是從峽灣邊的萊安車站搭本地的火車。峽灣上也不再是夏日的風景，灰色的天空好低，都快要碰到浪頭了，強勁的風把島嶼之間的海水攪出了白色的花邊。我站在月台看著鐵軌上飛過來的一頂女帽，那些高大的松樹在風中搖晃，迎著大風怪異的折彎了腰。但是它們沒有倒。小時候有好多次我都以為松樹要倒了，我以為它們會倒下來而樹根高高的杵在半空中，那時候我坐在二樓的窗口緊張兮兮的瞪著那些細瘦的、紅裡帶黃的樹幹不斷的被風欺負，在屋宇間在峽灣上面的山坡上，它們傾斜得那麼危險，可是從來不會倒。

到了歐斯本車站，我立刻清楚哪班列車在哪個月台到站，我也清楚每班列車離站的時間。我帶著母親走到正確的月台找到正確的車廂，向左右曾經說過話的那些人打招呼，有腳伕有車掌、有報攤的小姐，還有兩個男人，他們老在那裡閒晃，只為了兩個人合喝一瓶看不出是什麼的噁心東西，每天他們都會被趕出去，每天又會照常的回來。我坐在反向靠窗的小包廂裡，因為母親這樣反著坐一定會暈車，她說，很多人都會有相同的狀況，我卻一點問題都沒有。火車沿著格羅門河奔馳，經過了布萊克車站和阿尼斯，站外面的標竿踢喀踢喀的響——乒乒乓乓，火車輪子撞擊著鐵軌的接合點——咚嘎咚嘎咚嘎，我坐在位子上睡著了，一明一滅的光閃在我的眼皮上，那不是陽光，是水面上的灰白天光，我夢見我正在前往河邊的小木屋，而此刻坐著的是大巴士。

我醒來睡眼惺忪的望著格羅門河，我知道它還在我心底。我跟水很親，跟奔騰的水很親；呼喚我的大河在相反的方向，不是我們現在經過的這條，我們現在是往北方在走，而這條河流向南方的沿岸城市，跟所有的大河一樣有著又寬又廣的流域。

我的視線從格羅門河轉到坐我對面的母親身上。鐵軌旁的柱子和標竿、小橋和樹林不斷的光影，都在她的臉上忽上忽下。她的眼睛閉著，厚重的眼皮搭在滾圓的臉頰上，在這張臉上彷彿除了睡覺以外，其他一切事都違反自然，我想著：天哪，他居然就這樣消失不見，留下我來面對她。

噢，我並不是說我不愛她，我真的很愛我的母親，可是從面前的這張臉上我看不到我想要的未來。看著這張臉只要超過三分鐘，我就覺得兩個肩膀有承受不住的重，使我喘不過氣。我坐不住了。我從座位上站起來，拉開門走到走道上另一邊的窗口，田野匆匆飛過，已經收割過了，裸露的土地黃黃褐褐的在落寞的秋光裡。有個人站在那裡看風景，他的背影感覺好像有些什麼。他正出神的抽著菸。我走到窗口，他像在做夢似的轉過來友善的點個頭微笑。他長得一點都不像我父親。我順著各個小包廂的門一路走到車廂盡頭，走到車廂壁上有個好大的盛水容器再折回來，又經過抽菸的男人，我盯著地板筆直走到車廂另一頭，我在那裡發現一個空的包廂。我走進去關上門坐下來，這次窗口面向著我們行進的方向，我看窗外的河流現在迎面過來，而後消失在我的背後。我把臉貼在窗格子上，也許真的哭了一會兒，然後我閉上眼睛睡著了。我睡得死熟，直到車掌嘩的把門扭開說卡爾斯塔到了。我和母親兩個人並肩站在月台上。我們後面鐵軌上的火車還沒開動，不過很快又會出發，鏗鏗鏘鏘的繼續它前往斯德哥爾摩的旅程。我們聽見通風機的呼號聲，我們聽見車站沿線的電線桿上傳來風吹電纜的歌聲，有個男人用瑞典話，在月台上大聲吼他的太太：「快來啊，搞什麼嘛！」她卻依然故我的站著，被一堆行李圍繞著。我母親看起來好像失神了，她的臉睡得腫腫的。以前她從來沒到過別個國家。我有，不過那是在森林裡。卡爾斯塔跟奧斯陸不同，他們的人說著不一樣的話，我們一聽就知道，不單是用字，連音調也很像外國人。這個城市似乎比奧斯陸規劃得好，從車站就看得出來，沒那麼破敗。可是我們不知道該往哪走。我們只拎了一個包包，因為沒打算要在這兒過夜或是長程遊覽，我們只要去銀行，它叫做「華姆蘭銀行」，就在市中心的某個地方。我們還要吃一點東西，這應該負擔得起；從銀行領到了父親留給我們的錢之後，應該可以到餐館去吃一頓，不過我知道母親做了便當，已安穩的放在包包裡。

我們走過瓷磚地出了車站大樓，走上鐵軌旁的大路。再從尚瓦斯格登走向市中心。我們看著街道兩邊的房子找尋銀行的標示牌，銀行的地址在包包裡的一封信上，找不到了，我們兩個人不停地互相問著「你有看到嗎？」再互相的說一句「沒有」。

包包是我在拿，夾在臂膀底下，我們走完一整條街，最後在克拉拉河邊停了下來。這條河從北邊大森林區流過來，到了這裡被一塊狹長的土地一分為二，我們現在就站在分岔點上。河水穿過卡爾斯塔，把這個城市分成了三個部分，就像沖積三角洲那樣最後再匯合流入超大的凡儂湖。

「好美對不對？」我母親說，我想是吧，可是也很冷，河水送上來一股冰冷的寒意。我凍僵了，才在火車上睡了一覺就直接走進秋天的冷風裡，我真想趕快把事情處理掉，解決我們此行的目的：把帳戶一次搞定。銀行的人會在那些欄框底下畫兩條線，標示出：這些是你原有的錢；這些是你提領的錢；這些是你餘下的錢。

我們離開河邊，走上另一條跟剛才那條街平行的街道。

「你冷嗎？」我母親說，「包包裡有條圍巾。不是女人圍的那種，你不必覺得不好意思。」

「不用，我不冷。」我說。我聽到自己不耐煩到極點的聲音。我後來為此遭受到很多的批評，尤其是被女人，因為我大不敬的對象就是女人。我不能否認。

過了一會兒，我從包包裡抽出那條圍巾。那是我父親的，我把它繞過脖子在下巴底下打個結，再把多餘的部分平整的塞在外套裡蓋住胸口。我馬上覺得舒服多了，我用很堅決的口氣說：

「我們要問路。不能像這樣在街上瞎轉。」

「噢，我們一定找得到的。」我母親說。

「最後當然一定會，可是耗這麼多時間很蠢啊。」

我知道她很怕開口說出人家聽不懂的話，那會使她很困惑很無助，像一個進城的村婦；這是她說過的，她無論如何也要避免這個情形。在我母親眼裡，鄉下人是所有人口中落後的一群。

「那我來問。」我說。

「你要問就去問吧，反正我們很快就會找到了。」她說，「一定就在附近。」

都是些廢話，我想著，我走向第一個從人行道上過來的人，問他是否能幫我們找到華姆蘭銀行。他看起來很正常，肯定沒有喝醉酒；他穿著體面，大衣很新。我確信自己措辭簡單明瞭發音正確，不料，他只是張著嘴巴看著我，好像我是從老中國來的，有著一頂尖帽子和瞇瞇的小眼睛，或者像書裡看過的獨眼巨人，一隻眼睛長在鼻子上面的眉心中間。突然我火冒三丈，感覺臉在發熱，喉嚨好痛。我說：

「你聾了，還是怎麼地？」

「什麼嘛？」那聲音聽起來像狗吠。

「你聾了嗎？」我說，「人家跟你說話你不會聽嗎？你耳朵有毛病嗎？你能不能告訴我們該上哪去找這家華姆蘭銀行啊？我們非要找到這家銀行不可。你聽不懂嗎？」

他聽不懂。他根本聽不懂我在說什麼。這太可笑了。他只是氣呼呼的瞪著我，臉慢慢的從這邊轉到那邊，他眼裡有一種緊張的神色，就好像在他面前的這個人是剛從精神病院逃出來的大白痴，現在唯一可行的就是拖延時間等著警衛過來，趕在傷害造成之前把「這個人」拽回去。

「你想在嘴巴上吃一拳嗎？」我說。如果他真聽不懂，乾脆我想說什麼就說什麼。再說，我跟他一般高，經過了那個夏天，我的身體狀況也保持得很好，我用各種方式鍛鍊身體。做伸展，做各種方向的彎曲，做推舉，搬運木頭和石頭，上游下游的划船，這個夏天我騎單車，在尼森巴肯和歐斯本車站間來回無數次。現在我覺得自己好強，簡直天下無敵，而這個男人看起來一點也不像個運動健將，不過他對於最後一句話的了解度想必好過前面的一大串，因為他的眼睛瞪得像圓盤，忽然戒備起來。我把我的「建議」再重複一遍：

「你要是想在嘴巴上吃上一拳，那絕對可以如願，因為我太想賞給你了。」我說，「只要你開口。」

「不。」他說。

「不什麼？」我說。

「不，」他說，「我**不要**在嘴巴上吃一拳。如果你打我，我就叫警察。」他說得非常清楚，像個演員。這更加的激怒了我。

「我們馬上就知道了。」我說著，一隻手不自覺的握緊了，所有的關節都溫暖緊實感覺好好，我不知道這些話從哪裡來的，我卻聽見自己說出來。我從來沒有對任何人說過這種話，我不會對我認識的人說，對我不認識的人更不會。我發現我站著的這個圓石子小方塊上有一些朝外輻射的線條，就像畫了一張很精確的圖象，我站在中間的圓心——今天，五十多年後的今天，我閉起眼睛還能清楚的看到那些線條，像一根根閃亮的箭，就算在卡爾斯塔那個秋天我並沒看得那麼仔細，我知道它們在那裡，我非常確定。那些線條是我可以做不同選擇的道路，只要選擇其中一條，升降閘門就會重重落下，然後有人把吊橋高高升起，連鎖反應一旦開始啟動誰也無法讓它停下來，不可能回頭，沒有折返的路。如果我揍了站在面前的這個男人，就等於決定了我的抉擇。

「死白痴。」我說，那一瞬間我知道我已經決定放開他。我的右拳很費力的自己放鬆了，而面前的那張臉明顯地掃過一抹失望。不知道為什麼，我總覺得他似乎寧可鬧到叫警察，然而就在這同時，我聽見母親的叫喚：

「傳德！」從街道遠處傳過來，「傳德！我看到了，就在這兒。華姆蘭銀行在這兒！」她嚷著，我認為聲音大到有些過頭。不過很慶幸她沒有撞上我生命中決斷性的一刻，我走出圓圈，閃亮的箭矢不再閃亮，圖象和線條都融化了，變成一條細細的灰色溪流流進了水溝，消失在最近的下水道裡。我右手的指甲還留有紅色的印子，但是抉擇已然確定。如果當時我在卡爾斯塔出拳揍了那個人，我的人生將會大不同，我也會成為一個大不同的人。守住堅持是很愚蠢的——就如同很多人這麼做了，到頭來結果還不是都一樣。可是對我來說卻不一樣，因為我很幸運。之前我就說過了。這是真的。

我不想進去銀行，所以等在外面，一邊肩膀靠著窗戶中間灰色的磚牆，我父親的羊毛圍巾圍在我的脖子上。十月在拍打著我的臉，我清楚的感覺到克拉拉河就在我後面不遠，河水把能帶的全帶走了，我的胃在打顫，彷彿歷經長跑氣喘不過來，而那分勁道仍留在身體裡。那是有人忘記熄滅的一點光。

我母親走進銀行，手裡握著父親給的授權書，大膽而堅決的去把任務完成，但又為她的挪威腔擔心害羞。她進去了將近一個小時。要命，街上好冷，我確定我快要生病了。當我母親終於從銀行出來，臉上帶著一種困惑、幾近做夢的表情，我彷彿覺得河水的寒意變成一張不知道用什麼材料做的薄膜，包住了我的身體，使我產生一種比之前更冷漠更痲木的感覺，我直起身子說：

「結果怎樣？他們聽不懂妳的話，還是不肯給妳錢？還是根本沒有帳戶？」

「噢不是，」她說，「一切都很順利。有帳戶，他們把那裡面的錢都給我了。」她神經質的笑了一聲又說：

「可是只有一百五十克朗。我不知道，你不覺得太少了點嗎？當然我完全不懂，運木頭到底可以賺到多少呢，你認為？」

以我十五歲的年紀我當然不是這方面的專家，但毫無疑問的，它應該有十倍不止。法蘭慈從來不隱瞞事實，運木頭不是照著我父親預計的方式，這是一個孤注一擲的作法，他加入幫忙的唯一理由是因為他們是朋友，他知道我父親為什麼這麼急。縱使我和我父親趕在我們必須回頭而我必須回家之前，把激流裡的糾結解套了，但那還是不夠，河流鐵定很無情的隨時都會搞破壞。七月的大雷雨之後，水位會急遽下降到正常水位，木頭一定會碰撞翻倒堆積糾成一團，到那時候恐怕只有炸藥才能鬆綁；糾纏的原木不是推擠到石頭岸，就是可憐的沉到淺水底無法動彈，頂多十分之一的原木能夠及時的平安到達鋸木廠。算算價錢，當然不會超過一百五十瑞典克朗。

「我不知道，」我說，「我不知道到底能賺到多少錢。我毫無概念。」

我們站在華姆蘭銀行前面的人行磚道上面面相覷；我繃著臉，不假辭色，這是我對她的常態，這天她只顯得困惑猶豫，並沒有悲痛不滿。她咬著嘴唇，忽然一笑說：

「啊，我們今天一天都在一起，就我和你兩個人，這可不是每天都有的事，對吧？」她放聲大笑。「你知道最好玩的事情是什麼嗎？」

「有什麼好玩的？」我說。

「我們現在就非用這筆錢不可了。因為規定不准這樣直接把錢帶進挪威。」她笑得好大聲。「這好像跟貨幣限制有關係，這個我本來就應該知道的。都怪我平常太不用心。從現在起我一定要改，對吧？」

事實上她從來沒有改過，她向來糊裡糊塗，多半時候都鑽在她自己的異想世界裡。可是這天她突然整個清醒了。她又放聲大笑，一把抓住我的肩膀說：

「來。我帶你去看我剛才在路上看見的一樣東西。」

我們一起往車站走。現在我不怎麼冷了。我的腿站太久很僵硬，我全身麻木，不過一開始走動就覺得好多了。

我們停在一間服裝店前面。

「到了。」她說著，把我往前一推進了店裡。櫃台後面一個男人走上來鞠躬候教。我母親帶著微笑，口齒清晰的說：

「我們要給這位年輕男士買一身男裝。」當然不叫一身男裝，這樣瞎猜的叫法跟它該有的稱呼差很多，可是她簡單一句帶過，完全沒有一點難為情的樣子，甚至旋即擺出優雅的姿態，蹬著鞋走向掛在那頭的一排西裝。她抽出其中一套，從衣架上取下來展示在她的左手臂上說：

「就像這件，給我兒子穿的。」她微笑著再把西裝掛回去。那個男人笑咪咪的鞠個躬為我量身，量我的腰圍，量褲襠，問我襯衫穿什麼尺寸，這我連想都沒想過，可是我母親知道。然後男人走到一排西裝那邊，取下一套他認為大小適中的深藍色西裝，指著靠店鋪最後面的試衣間，他始終保持著微笑。我走入小隔間，把西裝掛在掛鉤上動手寬衣。小隔間裡有一面長鏡和一張凳子。店裡好熱，我的胃開始刺痛，沿著我兩條胳臂一路痛下去，我覺得頭暈想吐，便坐上凳子手擱在膝蓋上，然後把頭埋在手裡。我只穿著藍襯衫和襯褲，要不是母親叫喊，我一定就這麼睡著了。

「你還好吧，傳德？」

「哎，我還好。」我大聲應著，站起來穿西裝。非常合身。我站在那裡看著鏡子裡的自己。然後我彎下身子穿上鞋，站直了再看自己。我好像在看別人。我扣上外套最上面兩顆釦子，用兩隻手背擦眼睛和臉，擦了又擦，我的手指用力往後順著頭髮，順了好多次，把劉海推到一邊，把鬢角的頭髮攏到耳朵後面。我用手指擦嘴，嘴唇刺刺的，我臉上也刺刺的，我朝臉上摑了好幾下。我再照鏡子。抿著嘴仔細的看。轉向一邊對著鏡子從肩膀側著看，再轉另一邊再看。我看起來跟今天原來的那個我是完全不同的一個人。我不再像個孩子了。在走出來之前，我又用手指梳了好幾次頭髮，我發誓母親看見我的時候她臉紅了。她很快咬一下嘴唇，走向已經轉回櫃台後面的那個男人。她仍然走得很輕盈。

「我們要這件。」她說。

「這件剛好九十八克朗。」他現在的笑容更燦爛。

我仍舊站在小隔間外面。我看見我母親傾身向櫃台，然後聽見開收銀機的聲音，那個男人在說話：

「非常感謝，太太。」

「我可以穿著嗎？」我說得好大聲，他們兩個同時回頭看我，一齊點頭。

我把舊衣服放入紙袋，捲起來夾在臂膀底下。我們出了店鋪走上人行磚道，慢慢朝著車站的方向走去，或許，是去餐館吃點東西，我母親用她的手臂挽著我，我們就這樣走著，手挽著手像一對夫妻，兩個人的腳步一樣輕快，身高絕配，那天她鞋跟喀喀的聲音在街道兩邊不斷回響。彷彿地心引力暫時停止。好像在跳舞，我想著，雖然我這輩子從來沒跳過舞。

我們後來再沒有這樣一起走過。回到奧斯陸的家，她又一頭栽進她的體重裡，一輩子不離不棄。可是那天在卡爾斯塔，我們就這麼手挽著手，在大街上走過。我的新西裝那麼的合身，它跟著我的每個腳步在動。從河裡來的風依然在屋宇間冰冷的吹，我用力的握緊拳頭，我的手又脹又痛，指甲都摳到了肉裡，但在那一刻一切仍然美好——這西裝很好，走在這城市、沿著那一條圓石子的街道慢慢的走很好，而痛不痛的事我們真的可以自己決定。

國家圖書館預行編目資料

外出偷馬 / 佩爾. 派特森(Per Petterson)
著 ; 余國芳譯. -- 初版. -- 臺北市 :
寶瓶文化, 2008.07
面 ; 公分. -- (Island ; 97)
譯自 : Ut og stjæle hester

ISBN 978-986-6745-37-9(平裝)

881.457 97012757

Island097

外出偷馬

作者/佩爾・派特森(Per Petterson) 譯者/余國芳
主編/簡伊玲

發行人/張寶琴
社長兼總編輯/朱亞君
外文主編/簡伊玲
主編/張純玲
編輯/羅時清
美術主編/林慧雯
校對/羅時清・陳佩伶・余素維
企劃主任/蘇靜玲
業務經理/盧金城
財務主任/歐素琪 業務助理/林裕翔
出版者/寶瓶文化事業有限公司
地址/台北市110信義區基隆路一段180號8樓
電話/(02)27463955 傳真/(02)27495072
郵政劃撥/19446403 寶瓶文化事業有限公司
印刷廠/世和印製企業有限公司
總經銷/大和書報圖書股份有限公司 電話/(02)89902588
地址/台北縣五股工業區五工五路2號 傳真/(02)22997900
E-mail/aquarius@udngroup.com

法律顧問/理律法律事務所陳長文律師、蔣大中律師
如有破損或裝訂錯誤，請寄回本公司更換
著作完成日期/二〇〇三年
初版一刷日期/二〇〇八年七月
初版三刷日期/二〇〇八年七月三十日
ISBN/978-986-6745-37-9
定價/二七〇元

This translation has been published with the financial support of NORLA
(本譯文獲NORLA出版補助)

AQUARIUS 寶瓶文化事業

愛書人卡

感謝您熱心的為我們填寫，
對您的意見，我們會認真的加以參考，
希望寶瓶文化推出的每一本書，都能得到您的肯定與永遠的支持。

系列：Island097　**書名：外出偷馬**

1. 姓名：＿＿＿＿＿＿＿＿　性別：□男　□女
2. 生日：＿＿年＿＿月＿＿日
3. 教育程度：□大學以上　□大學　□專科　□高中、高職　□高中職以下
4. 職業：＿＿＿＿＿＿＿＿
5. 聯絡地址：＿＿＿＿＿＿＿＿＿＿＿＿＿＿＿＿＿＿＿＿＿＿＿＿

   聯絡電話：＿＿＿＿＿＿＿＿　手機：＿＿＿＿＿＿＿＿
6. E-mail信箱：＿＿＿＿＿＿＿＿＿＿＿＿＿＿＿＿＿＿

   □同意　□不同意　免費獲得寶瓶文化叢書訊息
7. 購買日期：＿＿年＿＿月＿＿日
8. 您得知本書的管道：□報紙／雜誌　□電視／電台　□親友介紹　□逛書店　□網路

   □傳單／海報　□廣告　□其他
9. 您在哪裡買到本書：□書店，店名＿＿＿＿＿＿　□劃撥　□現場活動　□贈書

   □網路購書，網站名稱：＿＿＿＿＿＿＿　□其他＿＿＿＿＿＿
10. 對本書的建議：（請填代號　1. 滿意　2. 尚可　3. 再改進，請提供意見）

    內容：＿＿＿＿＿＿＿＿＿＿＿＿＿＿＿＿

    封面：＿＿＿＿＿＿＿＿＿＿＿＿＿＿＿＿

    編排：＿＿＿＿＿＿＿＿＿＿＿＿＿＿＿＿

    其他：＿＿＿＿＿＿＿＿＿＿＿＿＿＿＿＿

    綜合意見：＿＿＿＿＿＿＿＿＿＿＿＿＿＿＿＿＿＿＿＿＿＿＿＿＿＿＿＿

11. 希望我們未來出版哪一類的書籍：＿＿＿＿＿＿＿＿＿＿＿＿＿＿＿＿

讓文字與書寫的聲音大鳴大放

寶瓶文化事業有限公司

（請沿此虛線剪下）

廣　告　回　函	
北區郵政管理局登記	
證北台字15345號	
免貼郵票	

寶瓶文化事業有限公司　收

110台北市信義區基隆路一段180號8樓
8F,180 KEELUNG RD.,SEC.1,
TAIPEI.(110)TAIWAN R.O.C.

（請沿虛線對折後寄回，謝謝）